改革三部曲

最后一个工厂 ①

企业1984

● 张国云 著

咪咕阅读　厦门大学出版社　XIAMEN UNIVERSITY PRESS　国家一级出版社　全国百佳图书出版单位

图书在版编目(CIP)数据

最后一个工厂.1,企业1984/张国云著.—厦门:厦门大学出版社,
2018.4
ISBN 978-7-5615-6785-2

Ⅰ.①最⋯　Ⅱ.①张⋯　Ⅲ.①纪实文学-中国-当代　Ⅳ.①I25

中国版本图书馆 CIP 数据核字(2017)第 297112 号

出 版 人	郑文礼
责任编辑	林　鸣
封面设计	D9 工作室
技术编辑	许克华

出版发行　**厦门大学出版社**
社　　址　厦门市软件园二期望海路 39 号
邮政编码　361008
总 编 办　0592-2182177　0592-2181406(传真)
营销中心　0592-2184458　0592-2181365
网　　址　http://www.xmupress.com
邮　　箱　xmup@xmupress.com
印　　刷　虎彩印艺股份有限公司

开本　889mm×1194mm　1/32
印张　8
字数　200 千字
版次　2018 年 4 月第 1 版
印次　2018 年 4 月第 1 次印刷
定价　39.00 元

本书如有印装质量问题请直接寄承印厂调换

厦门大学出版社
微信二维码

厦门大学出版社
微博二维码

庄稼长在农田里，工厂活在墓碑下。

——民间口头禅

目　录

楔　子..001

第一章　冬天一把火...006

第二章　较量..017

第三章　厂长统考...030

第四章　风波..044

第五章　祸不单行...058

第六章　代价..073

第七章　曲水流觞...087

第八章　转身..103

第九章　一颗匠心...117

第十章　抢人..129

第十一章　盖世英雄...145

第十二章　久居深闺...155

第十三章　雨和瓦...170

第十四章　"包二奶"...183

第十五章 "三"花烂漫...............196

第十六章 操盘手...............209

第十七章 红窑里...............222

第十八章 尾声...............235

后 记...............246

楔　　子

残雪，冻雷，惊笋，春暖乍寒，又一年。

大学毕业后，我被分配到肖西路 184 号的一家国营工厂，这在那个时代可是天大的好事喜事，胜似吃皇粮。

爷爷像对我小时候那样，用手摸摸我的头，说要给我猜个谜语，我如同回到小时候，死劲拍着手称好。

爷爷卖足关子后，不紧不慢地说道："有人会鸣不平声，打一字！"

我这人不擅猜字谜，最后还是爷爷乐哈哈告诉我：

"是'厂'字。"

我正好要进工厂，这时爷爷给这么一个谜底，颇见动了一番心思，我忙向他竖起大拇指。

时至公元 1984 年，摸着石头过河的中国企业，就像怀胎的美女，正在经受改革大考的痛楚，只要忍过这场阵痛，就会孕育出新的生命。

这年是我进厂的第三个年头，不知是老天爷开恩，还是阴差阳错，一个偶然的机会，我竟走马上任为一家国营企业的厂长。

听到这个消息，我懵了很长时间。

因为这个时候，我还在探求我是谁，人生的意义是什么。

我一直不相信这是事实，至少不相信来得这么快。但人有时就是这样，运气来了躲也躲不开。

对这事有人戏谑:"兄弟,厉害啊!这是光宗耀祖的事。"

也有人对我泼冷水吹凉风:"你以为你是谁,天上会掉下馅饼吗?"

哈哈,这事现在是皇上不急太监急。一开始我就将这事看得很淡,那时厂长都是任免制,人与人之间不就是一张任免书的区别,有什么值得咋呼的呢?

也许,人都有惰性,本是一个千载难逢的机会,或一段激情燃烧的岁月,可我却拒绝用青春赌明天:

青春在我心中,那可是弥足珍贵的东西,必须经得起"糖衣炮弹"……加上那时情爱青涩,即便像我这样的身份,也无法抵达山巅……

这样,我更多以平常心来做事,那就是干净做事,优雅做事,有尊严地做事。

本来企业追求效益最大化,这是全球通行的一条铁律。但当我们的企业真的奉行"金钱至上",那么所有的真理又将沉默。

这年注定是一个多事之秋。而当我以自己的方式,想去刺痛社会的麻木,或者一次次大声疾呼时,我个体的微弱之音,却早已被这个伟大改革时代的最强音淹没。

记得那天,我正在读英国作家乔治·奥威尔写的长篇小说《一九八四》。

既可以说它是一部政治寓言小说,也可以说它是一部幻想小说。作品刻画了人类在极权主义社会的生存状态,仿佛一个永不褪色的警世标签,警醒世人提防这种预想中的黑暗成为现实。

这不,当 1984 年真正降临,世界并没有像奥威尔描写的那么恐怖，但有些方面又不能不说是——有过之而无不及。

如果我没记错的话，1984 年这年，我还欣赏到了由奥威尔的《一九八四》改编而成的电影。

再后来，时至新世纪，日本著名作家村上春树出版了畅销小说《1Q84》，据说是对《一九八四》一书的致敬。

村上春树在这里将一个"9"换成一个"Q"，别小看将一个阿拉伯数字换成了一个英文字母，我总觉得这是惊险的一跳，表明村上春树对英伦作家不仅仅是一种崇拜。

……

所以，今天，让我们回过头，重新审视那属于中国的 1984 年。这年年初，邓小平同志早早走出家门，开启了他人生的第一次南方视察。这一次，是相对 1992 年春天那惊天动地的南方视察来说的，第一次显然是摸着石头过河。

到这年末，中共高层使出洪荒之力，做出经济体制改革的决定。那时，上至庙堂，下至草根，大家奔走相告，说得最多的就是扩大企业自主权，增强企业活力。

这个时候有人找我，他嘲笑一直忙碌的我，不是在企业拼命工作，就是奔波在到企业工作的路上。

即便后来我一生坎坷，颠沛流离，我仍冲在改革的前沿阵地上。

用现在的网络语言，那时的我至少可以说是改革的"大 V"，"粉丝"上至中央高层，下至底层百姓。也许我随便发一个表情符号，都会有上百万的转发量。

可我又常常被嫉妒我的小人陷害，他们屡屡把我发配到远离企业的地方，但我所到之处——鲜花为我盛开，清风为我送来。

这时有人凑过来提醒我——人这辈子最怕遇到的人是谁？

我想了好久，猜不出来。

那人就神秘兮兮地告诉我：

"警察。"

什么警察？这与我是风马牛不相及的事，我想。

那人还是忠告我，如果碰上他们，你一定是遇到麻烦，或摊上大事了！

我哈哈一笑，我想我刚当上厂长，屁股干干净净，谁也抓不住我的尾巴，我怕谁！

那人仍皮笑肉不笑地说道：

"年轻人啊，真的太年轻。你这样今后要吃煞苦头的。"

的确，那时我真的太年轻，还不晓得在中国，企业家在 50 年代初作为一个阶层已经被消灭，而到 80 年代初才作为一个阶层慢慢地苏醒……

经那人这么一点拨，我还真的吓出一身汗，想到当时民间流传的一句口头禅——

> 庄稼长在农田里，
>
> 工厂活在墓碑下。

这曲调听起来，怎么这样凄凉啊——冷酷啊——悲惨啊！

这个时候，我渐渐觉察到，我们这些开始慢慢做企业的人前路漫漫，前方会有诗和远方吗？

现在让我回想起那些年，所干的事，无一不是如履薄冰，无一不是如临深渊，无一不是胆战心惊……

如果有什么可自责的，就是那时自己太年轻气盛。在那个暗流涌动的社会里，虽说当面大家客客气气，转过身你即中枪。

　　我终于发现，我也有一个属于自己的《企业1984》，难道这只是一个巧合？

　　在这里，也许我的"1984"，无法与奥威尔笔下的《一九八四》、村上春树笔下的《1Q84》比拟，但我敢保证我的故事比他们的有着更加惊心动魄的爱与撕心裂肺的恨……

第一章　冬天一把火

1984 年初的冬夜，这天月黑风高，在江南一个山区的社队工业区里，不见月亮，不见星星，伸手不见五指。

偶见几盏忽明忽暗的路灯，似一串鬼火闪烁，再加上从山沟沟传来几声狼嗥，的确令人毛骨悚然。

想到之前朋友善意的提醒，现在的我特别纠结，开始浑身颤抖。

当然，今晚这等天气，我与一批警察潜伏下来，准备开展一场打击假冒伪劣商品的专项行动，无疑也是天助神佑。

刚才，我还紧张得直喘气，这时终于慢慢舒了口气，露出做厂长走马上任后久违的笑容。

确切地说，一个月前，省里组织部门的同志来厂里找我谈话，提出了一个令我措手不及的问题——

"假如你是厂长？"

在 20 世纪 80 年代初，敢问这话的人，一定不是等闲之辈。

在那个百业待兴的时期，个体经济被压抑，企业家作为一个阶层整体消失，以至于人们对企业管理是一个什么概念，也弄不明白……

那时，整个中国处于"企业荒"之中，大部分工厂过着煎熬的日子。

　　听了省里组织部门同志的发问，开始我以为听错了，再一看，对方却是认真的，也是真诚的。

　　这时，我反倒一下不安起来，心里更是七上八下。

　　俗话说，官大一级压死人。好在做企业，我的家族之前有过纪录。解放初，我爷爷就是做企业的，只不过后来主动把产权无偿交给国家，通过公私合营，使得私营企业在中国的最后一块阵地消失了。

　　"捧着铁饭碗，拿着死工资"，俨然是那个时代大多数中国人最喜好的生活状态。对于当厂长，我从未有过这样的非分之想。

　　对我这种"上过山下过乡，当过兵扛过枪"的人来讲，只能说才刚刚踏进社会——要阅历没阅历，与人情练达相距甚远，加之我才二十多岁，开天辟地头一遭碰到这种场面，真把我急得满头大汗，几次深呼吸都难调整好自己的状态。

　　可是，"不想当将军的士兵不是好士兵"。我知道，在这些人面前，我既不能天真幼稚，又不能显得年轻气盛，否则反会被人家讥讽：

　　"嘴上没毛，办事不牢。"

　　同样，我既不能过于贬低自己，又不能说自己缺乏理想。如果我说压根就没有想过这类问题，人家一定会取笑我：

　　"胸无大志，缺乏上进心。"

　　此刻，摆在我面前的是一家有上万人的省属大型国营企业（现在改口都叫"国有企业"）。这在当时，对那些长期饱受计划经济摧折的人来说，谁都深知这个担子重于泰山。

　　可我也不是傻子，我已猜测到组织部门要选什么样的人了，只是没去捅破这层纸而已。

　　紧接着，我这人的弱点也暴露了出来——只会"巷子里扛木头"，既不会吹牛拍马，又不懂得投其所好。

　　最后，我不知怎么的，稀里糊涂，说了一句不着边际的话，至今仍在为此后悔：

"不在其位，不谋其政！"

我如此生硬的回答，令组织部门的同志大跌眼镜。

领导们僵坐在那里许久，他们根本没有想到我会这样回答。明眼人一看就知道这家伙是一个不按规矩出牌的人。

就在他们感到无所适从之时，有人跟我打起了官腔：

"呵，回答还是干脆的！"

组织部门同志估摸着已经找不出什么话题了，或许他们压根就无须我的表态。现在仅仅是例行一下组织程序。既然公事公办，那就总有一曲终了的时候。

这时我悬着的心好不容易落下，赶紧将喉咙口的唾液咽下，对他们结结巴巴说了一句：

"感谢组织……感谢信任！"

他们没想到我也会说点场面上的话，竟然一个个听得哈哈大笑起来。

这样，我反倒给组织部门同志留下了一个坦荡直率、毫不虚伪的好印象。

这"不在其位，不谋其政"八个字，干净利落，一字值千金，一句顶一万句。我的如此一个不小心，反为自己赢得了加分的砝码……

随后召开了全厂干部职工大会，组织部门的同志拿出一个大信封，从里面抽出一张早已印刷好的红头文件，高声宣讲起来，根据什么文件，又报了文号，接着郑重其事强调是经党组研究决定，这时组织部门那位同志故意停顿了一下，把许多人的心全都拎了起来，最后再一锤定音，说任命我为省建材总厂厂长。

话音刚落，立刻爆发出长时间的掌声。我很不情愿这个时候出来露脸，但不露脸又不行。

这时我听到下面有人喊我的名字，我只能从台下的座椅上站起来，算是表态性地讲了"三个不"：

"第一不忘这个位置这份荣耀，第二不忘在职学习在岗责任，第三不忘工厂前辈企业初心。"

我涨红着脸，匆忙说完这几句话后，即向职工们鞠躬致意。职工们见我干脆利落，马上给了我平生以来最长的一次鼓掌声。

在那个充满着各种隐喻的年代，人们刚刚从"文革"劫难中走出不久，社会经济亟待振兴，包括企业的领导班子队伍，也是青黄不接。现在我成了中国改革开放初期干部革命化、年轻化、知识化和专业化"四化"方针的受益者，作为第一批人才充实到省级企业领导班子之中。

按年龄划分，我已成为当时全省最年轻的厅级干部之一。

望着排在身后的几位副厂长，他们几乎清一色是五十岁以上的"南下"老干部，与他们在一起，我仿佛是这个大家庭里的一个小男孩。

现在厂里的上万名工人盯着我，就像一个个嗷嗷待哺的小生命，他们的目光又像一支支强大的聚光灯柱，既让我惧怕，又给了我前行的勇气与力量。

值得庆幸的是，这个时候的企业职工思想比较单纯，许多老领导、老师傅、老工人都纷纷出面支持我的工作。现在想起来，估计他们冲着我是潜力股，或者说觉得我是那个时代杀出的一匹黑马。

说实话，自己有多大本事，自己最清楚。我没有什么过人之处，只是比一般人更能吃苦，有股初生牛犊不怕虎的劲儿。我最看重的是，你给我多大的舞台，我就给你唱多大的戏。别骂我太投机，我就是这种实在的人……

上任满月的那天，省领导的秘书给我打来电话，要我马上赶到省里参加一个紧急会议。结果单位那辆老掉牙的苏式伏尔加轿车，半路上抛了几次锚。待我匆匆赶到，会议早已进入尾声。后来得知我是省领导亲自点的将，有点临危受命的味道。具体是要我立刻参加省里警方的一个联合行动。

为了保密，会议临时决定让我们马上执行联合行动任务。

这件事的起因，是这些年我厂新型建材研发投入非常之大，烧了不少钱，新产品也纷纷出炉。当时宣传主渠道是广播报纸，政府也不惜工本帮助我们宣传。

待媒体宣传不到两个月，举国上下仿冒产品开始泛滥。

老厂长看不下去了，就纳闷地问道："为什么我们烧钱，人家得利？"

后来他通过私下渠道发现，省内一家知名的建材市场是侵权假冒的源头，这才斗胆在第一时间叩开省领导办公室的门，要求上级支持打击侵权假冒行为。

省领导坐在那里一直没有发话，最后把手一摊，说道：

"手心手背都是肉啊。"

说句心里话，谁的胳膊不向里弯呢？省领导当时最顾忌的是家丑外扬。

老厂长没有得到省领导的尚方宝剑，感到无颜向上万名职工交代。与其窝囊地活着，有愧于广大员工，还不如早点辞职不干。老厂长一怒之下，递交了辞职报告，以示对省领导的不满。这位省领导觉得老厂长没有给他面子，目无组织，目中无人，这是在省级企业中带了一个很不好的头。

站在省里的角度，显然不容如此行为。于是，匆匆对厂级班子进行改组，也算自己给自己一个台阶下。这不，我才有了后来当厂长的机会。

如今省里好不容易通过内线，发现邻省一个社队工业区明目张胆地侵权，大量地仿冒我省建材企业产品。这下仿佛在滔滔大海中抓到了一根救命稻草——不"杀"不足以平民愤啊！

省领导也算是找到了一个出气口——

一方面算是对我们这家省属大型企业有一个交代，另一方面在全国范围内也可以起到敲山震虎、杀鸡儆猴的效果……

如此一箭双雕的行动，也得到国家有关部门的支持。就这样，省领导亲自临阵指挥，要求省级有关部门立即组织联合打击行动，不惜一切代价，确保获取对方侵权证据，然后诉诸法律，追究对方责任。

话说回来，现在出人意料的是，此刻，眼前这个江南山区的社队工业区内一片静默，特别冷清，甚至可以说是惨淡。

这般景况，根本没有我们先前想象的那么兴旺与疯狂，更无法与沿海乡镇企业相提并论。

我万万没有想到，解放了几十年的新中国，还有如此落后的穷山恶水之地。

他们为什么要跑到这种地方——跑马圈地建厂呢？

难道真的是穷山恶水出刁民？

开始我还以为找错了地方，但随行的省武警支队长提醒我：

"没错！坐标方位我们已经锁定。"

这个找不到一丝现代化大生产气息的所谓社队工业区，像一个风烛残年的老者，颤巍巍地蜷缩在大山深处。

此时，一种患难弟兄的怜惜之情蓦然袭上心头，接着慢慢占据了上风。

这时，我咬牙切齿地心一横，伸手挡住武警支队长：

"手下留情！"

支队长愣了一下，马上回应说：

"堂堂的大厂长，怎么，反悔了？"

我实话实说道：

"我不是反悔，我是怜惜这里的厂子。

"企业兴旺的基础是你的资源、背景以及现在拥有的一切，再加点运气。而对我们多数人来说，不过是芸芸众生中为了生计而出卖劳动的人。我怜惜这个工业区，地处穷乡僻壤之中，能活着真的不容易。"

听到我说这些话时，武警支队长当然不开心：

"你以为我们是在谈对象？现在我们是在执行任务！"

我尽力辩解："别误解！"

"怜惜无济于事。兄弟，估计你这辈子还没有找过对象吧？"

那位武警大人被我的话气得直喘粗气，将头上大盖帽一把摔到地上，我这时才发现，原来是位美女武警。

没有想到美女说话如此单刀直入，我像被人抽了一巴掌。

我懂得好男不与女斗，就不痛不痒地顶了一句：

"是的，我长这么大还没谈过对象，所以不知爱情是甚滋味。"

"讨——厌——"武警美女顿时语塞。

过了一会儿，她回击道：

"且慢！要知道，我们可是在为你卖命的。"

眼前这个社队工业区，一没有自己的核心技术，二没有自己的知识产权，一切靠侵权假冒，坑蒙拐骗，也许本就不该出生。

可是，林子大了，什么鸟都有，这也是它唯有躲进这个深山老林，挣扎寻找生存之路的原因。

现在美女武警提到卖命，我是气不打一处来，立刻回应说：

"作为国营企业，那我们企业是为谁卖命呢？"

自从登上厂长宝座，我长相是嫩了点，但我还真的不会屈服——一个厂外之人，竟也在我面前随意指手画脚。

其实，我现在与美女的分歧和冲突，焦点在于如何看待企业原罪。

"原罪是什么？如果说企业野蛮生长就是原罪，我不认同。"

"依照基督教文化，每个人都有原罪，为什么单说企业有原罪呢？"

"何况，当时企业相互抄袭和追随不是孤案，发达国家之前也曾这么走过。"

"作为一个大国，刚从'十年浩劫'中挣脱出来，在这个百业待兴的时候，如果我们过于有'洁癖'，眼中连一粒尘埃都难以容忍的话，是不是干脆就别活在这个地球上了？"

美女武警到底是当领导的，马上找到了我的软肋，对我换了一种说法：

"我知道很多优秀谋士，一旦成为领导之后，就会在重压之下变得优柔寡断，犹豫不决。"

在美女武警眼中，此刻已容不得半点沙子。

"既然这是一个不适宜大生产的地方，不知是当地政府发展心急，还是那一个个小作坊业主求财心切，但无论如何都不该做假冒伪劣的东西。更不要自以为天高皇帝远，鞭长莫及……"

回过头来实话实说，美女武警的想法并没有错。所以我又耐着性子和她说：

"我虽然是厂长位子屁股还没坐热，但毕竟当过几年兵，知道怎么应对突发事件，给别人当谋士和自己亲自决断，它们之间根本不是一回事。"

看来我们之间的矛盾，一时半刻不会调和。美女武警听出了我的弦外之音，说道：

"好吧，既然你当过兵，你更懂得军令如山。现在我们是执行任务，有意见事后再提。"

遇到我这种一根筋的人，美女武警早已哭笑不得，彻底无语。

最后她向我摊牌说：

"今晚行动，一切都得听我的。"

美女武警风风火火的几句话，柔里透刚，已容不得我临阵退缩或过多解释，仿佛拿着枪顶在我的脖子上。

她马上又通过对讲机发话："各小组准备战斗！"

只见她揿亮手电筒，在空中挥舞了三下，这时数十名全副武装集结待命的战士像开弓的箭，一个个从潜伏的树丛中鱼跃而出。

虽说我同情弱者，但我对这个社队工业区的侵权行为还是充满愤恨。望着战士们冲锋陷阵的姿势，想起几年前我在部队服役时的"英姿"，好像又回到了军营……

"狗东西，谁叫你窃取企业知识产权的，今天你们死到临头了！"我冲天大吼了一声。

"你吼什么？！"

说时迟那时快，紧挨我的美女武警，以迅雷不及掩耳之势，一把把我摁倒在地，又一个鱼跃扑到我身上，只听她"嘘"的一声，贴到我耳根说：

"不要乱吼！这样会过早暴露我们的！"

我扭过头，已嗅到她脸上胭脂芳香，她自感不好意思，连忙翻身下来，说道：

"对不起，对不起。"

我装聋作哑地说："刚才我没有讲话呀！"

"呵呵，那我怎么感觉你在发飙？"她一脸无辜地说，旁边几个战士也抿着嘴傻笑起来。

我幽默了一句："莫非'人善被人欺，马善被人骑'？"

"啊——哈哈！"大家都捂着嘴偷笑着。

顿时，我与美女的矛盾似乎一下化解了。

就在我们压着嗓子还未笑出声时，只见工业区内东西南北中几个点，突然一齐蹿出火团，直冲云霄。

还未等我们反应过来，刹那间风助火势，整个工业区迅速葬于火海。

刚才还神气十足的美女武警，一下瘫倒在地上。

她望着千里迢迢来取证的战士们，现在反倒成了人家的消防战士。但在这个缺乏消防设施的工业区，我们也只能听天由命，眼睁睁地望着大火烧光这里的一切。

这时美女武警好像突然醒悟出什么，一拳砸在地上，从潜伏的位置上站了起来："一定是我们队伍里有人做了叛徒，走漏了风声，使得对方抢在我们前面动了手！"

她冲着我说这话的时候，让我觉得有点惶恐。好在我没有离开她半步，要不然我一定是她眼中的告密者。

可我也不是吃素的，因为我家里没病人，外头没仇人，圈里没小人，身边没坏人，关键是牢里没亲人，哈哈，我还怕你武警怎么的？

不幸中的万幸是，武警战士没有早一步出击，或者说他们应该感谢我拖延了行动，不然的话，他们将全部葬身火海，可能就一个也回不来了。

想到这里，我禁不住后怕，泪水已经夺眶而出。而美女武警反倒对我刚才的拖延行动，有点心存感激。

是啊，我们本来是来取证的，现在一把大火烧掉了对方的全部罪证。

望着冲天大火，快速将一幢幢厂房夷为平地，本来就已经"厂荒"的地方，显得更加凄凉悲惨起来，我们只有一声叹息。

是不是我们的生活，常常会遇到诸如此类不可思议的事情？就像这场大火，让我们彻底懂得了"高手在民间"，或许他们个个身怀绝技，没有一个如我所想象的那么单纯，那么简单，甚至手段还比较恶毒。

后来，我见到江南这个山区的社队工业区负责人吴一荣，他指着我的鼻子骂道：

"我们抄袭，我们不要脸，但我们知道自己是赚钱的好企业。"

"你们又能把我们怎么着？"

……

第二章　较量

对啊，我咋敢对他们怎么样呢？

我原本不想再去揭开那段尘封已久的记忆，如果诉诸文字，也许每个字都会让人伤感，灰色的笔调甚至也会招致批判。

但是，这样的一群人，一群从大山里走出的追梦人，不应该被这日益繁华的都市掩盖，逐渐忘却，这样不公平……

有位上了年纪的人问我，本来上苍就是将这片肥沃的土地交给老百姓耕作的，谁让他们毁田做砖，弄了那么多的水泥森林，今后老百姓靠什么吃饭？

望着那些拔地而起的摩天大楼，有些建造得十分漂亮，但许多老百姓并不买账，根本不看好它们，感觉它们是从另一个星球过来的怪物，欲与地球上的百姓争夺口粮。

此时，我觉得搞传统建材的我们，是一个个罪人，活得很不堪。

的确，再美的工厂种不出庄稼，再能干的机器生产不出大米，老百姓祖祖辈辈都是在农田里耕耘的，即便是在革命高潮，也都是冲着"打土豪分田地"来的。

现在在他们眼里，这山沟沟里的工业区，被一把大火烧光是迟早的事。老天爷没有电闪雷劈，已经是便宜他们了……

这也就像我现在的遭遇，我人还在回厂路上，全厂上下已经炸开了锅。

对我参加这次打击侵权假冒的专项行动，有的说我是如何贪生胆怯；有的说我是如何临阵逃脱；还有的说我是如何向对方工厂泄露了机密……

大家都说得有鼻子有眼睛，让我感觉真的是跳进黄河也洗不清。

那天一走进厂区，我就觉得不对劲，几乎每个职工都对我拉长着脸，义愤填膺，怒火万丈。

我忙从办公室拿了一条毛巾，跑到自来水龙头前，用冷水冲了一下头，一边想洗掉出差一路的风尘，一边想冷静下来给自己找一条出路。

这时，厂办女秘书小谢急匆匆向我走来，通知我马上参加厂党委扩大会。我先是愣了一下，知道有事了，但仍镇定自若地回答：

"好！我马上参加。"

大家都说谢秘书是厂里一朵花，我连瞟她一眼都没有，可能她的自尊受到极大的伤害，低着头像躲瘟神一样避开我。

待我推开会议室门时，见大家都像打过鸡血似的，我也没有吭声，在党委黄书记身边的一个空位置坐了下来。

坐在书记另一侧的是党委副书记王广舟，他见我坐了下来，开腔道：

"厂长，出差辛苦了！"

我刚想回应他，没想到他已经高高举起手，示意我别解释。

接着，他又大声嚷起来："听说这次厂长是'出师未捷身先死'，有人说丢尽了我们省属企业面子，究竟是怎么回事呀？"

听话要听音，王广舟的开场白火药味很浓。

我之前听人说过,他在"文革"时当过造反派头头。这次班子调整,他曾私下找领导想当厂长,结果厂长梦破灭,他就把我看成他的眼中钉肉中刺……

我受不了王广舟阴一句阳一句,便霍地从座位上站起来,黄书记示意我坐下来,王广舟马上又冲我来了一句:

"我说错了吗?站起来想怎么着?"

"我觉得你说这样的话,与企业副书记的身份很不相称!"我怒火冲天地说。

黄书记可能也听不下去了,拍着桌子说:

"大家有话好好说!"

这位参加过解放战争的"南下"老干部,大家都知道他的军人血性,讲起话来说一不二,带有很大的震撼力。

听到老书记敲桌子,王广舟不再吭声,我早已将拳头攥得紧紧的。要不是黄书记发话,照我在部队当兵时的脾气,不会给王广舟好果子吃的。

我极力克制自己,回过头,冲着做会议记录的谢秘书说:

"把我办公桌上的一份内参拿过来。"

然后,我回过身对着大家说:

"非常抱歉,第一次为厂子办事就给搞砸了,我必须向大家检讨!"

我站起来,向大家三鞠躬后继续说道:

"但对这次所谓打击侵权假冒的专项行动,作为一个党员,我不隐瞒自己的观点,我始终有自己的想法,所以态度上不是很积极,斗争上不是很坚决!大家可能会问,是什么原因造成我的反常与出格呢?"

这时，谢秘书已将内参放在我面前，我顺手举在手上说道：

"就是这份内参给了我启示或胆略。确切地说，这份文件正是王副书记签转给我的。

"内参研究了美国和日本的产业发展，它们当年走的路和我们一样。美国独立后对英国产业也是抄袭和追随，抄了一百年。

"到 1886 年，美国成了最大经济体，美国人移民英国，假如是美国纺织工厂高级工程师，英国人会拒绝，怕他是经济间谍。

"后来，美国开始面对本土市场，1920 年变成了车轮上的国家，中产崛起，进入镀金时代。

"日本也是一样，二战后很长时间也价廉物美。如，三宅一生服装，没有之前的抄袭模仿，就没有之后的世界品牌。三宅一生早年在纽约、巴黎学服装设计，到日本去贩卖。

"60 年代日本经济和民主意识崛起，三宅一生携带日本的元素去巴黎，强调自己独特的设计理念——'一块布'。"

······

我说这些时，王广舟早已不耐烦了，插话道：

"典型的崇洋媚外！还是好好检讨一下自己的问题吧。"

我没想到王广舟如此出口伤人，还是冲他一笑：

"如果我崇洋媚外，也是中你王副书记的毒！因为这内参是你签给我的。"

许多人听我这么一说，哄堂大笑，顿时会场秩序乱了起来。

这时我提高声音，又对大家说道：

"人家美国和日本的产业发展，它们当年走的路可以这样，我们的企业，特别是社队企业向乡镇企业升级才刚刚起步，为什么我们就不能抄袭模仿？"

有人附和说："是啊！"

还有人说："难怪古人说，只许州官放火，不许百姓点灯。"

"别站着说话不怕腰疼，请问谁为我们中国的国营企业买单？"王广舟又想挑事了。

后面也有人跟着喊："这可是个大是大非的问题。"

"亲不亲，阶级分！"还有人拿"文革"腔调来说话。

我知道，这个时候用内参上的例子，是说服不了大家的。所以，必须摊开来说，希望得到更多人的理解与支持。我继续说道：

"不瞒大家说，现在我身上压着'三座大山'，但我始终坚信，不要随意把人逼成敌人。"

我先请示了一下黄书记，可否说一说我心中的痛楚，他大手一挥，表示同意。于是我说道：

"这是我经历过的一件事，或许是用生命换来的教训。"

这时整个会场鸦雀无声，我赶紧向大家一股脑倒了出来——

那时我在西藏那曲参军，这是世界上海拔最高的地方。一次，随地矿勘探队到无人区寻找金矿，路上突遇暴风雪，无人区没有车道，能走就叫路，军车没有防滑链，车轮直打滑，我们只能下车推着车走。

在无人区"一天有四季，十里不同天"，遭遇暴风雪是常有的事儿。这时有人发现前面一路旋风夹带着雪花和沙尘，从小在牧区长大的司机旺堆大喊："不好！我们遇上狼群了！"

他手指向几百米开外，有一片尘土飞扬过来：

"那是一群狼，我们得赶紧离开这里！"

我突然来精神，拿起一支冲锋枪，把子弹推上枪膛，死死盯着那团愈来愈近的冲天尘土。

旺堆拉着我的手："赶紧上车！"

"哦，有五只过来了！"我终于看到了，很像藏獒。

我对旺堆说："那不是藏獒吗？"

"噢，藏獒与狼外形通常难分。"

我十分吃惊："也许，这是狼迷惑人的地方。"

"怎么办？"

旺堆见我胆战心惊，大声说："别怕，听我的！"

我两眼向旺堆一瞪："可以开枪吗？"

旺堆答："在藏区老百姓最痛恨的是狼，对其他动物都是保护的。"

狼放慢速度，向我们慢慢靠过来。按旺堆的经验判断："估计是狼见到群鸟展翅，是追赶过来寻找猎物的。"

狼在距离我们百米左右停下脚步，旺堆沉着气："千万别开枪，让我的车靠上去。"

狼十分警觉，相互靠拢，没有向我们显示恶意。

而我早已憋不住了，将子弹推入冲锋枪的枪膛，放下汽车副驾驶窗户玻璃，瞄准狼群，打了一个点射。

听到枪声的狼，真的很狡诈，五只狼分别朝五个不同方向逃窜。

"这怎么办？"

就在我不知所措时，旺堆反倒胸有成竹："现在雪地上，我们追草坝上那只狼，可能还有希望。"

草坝是指无人区中较平坦的开阔地。本来旺堆今天心里已窝了一肚子的火，这一刻，他把所有愤怒，发泄到那只逃窜的狼身上。

他大声怒吼："我要用车轮子碾死它！"

就在汽车快追上时，狼往边上一拐，当我们掉过车头，狼又拼着命向前逃跑。

我抓住这个汽车掉头空隙，又向独自奔跑的狼打了一个点射。

只见狼应声倒下，旺堆加大油门赶上去，当车快碾到狼时，只见狼霍地从地上站起来，吓得旺堆一个急刹车。

原来狼是装死，想逃过这一劫，没想到旺堆比狼更熟悉这一套。生活当中我们常常被这种伪装迷惑。就像在西藏这半年，我已经遇见过许多这样的情景，有些很容易识破，有些又常被蒙蔽。

旺堆猛打方向盘，开心地说："我已经看见狼嘴在滴血，活不了啦！"

可能是狼受了伤，逃跑速度明显减慢，当它知道无法甩掉我们的追杀时，干脆停了下来，站在草坝中间，两眼充满杀气，紧瞪着我们，仿佛一座雕像。

也许，这是狼最后的抗争；也许，这是狼最后向人类的哀求？

在离狼五十米左右，我让旺堆停下车，与狼对峙几分钟后，突然狼一个跳跃，越过草坝上几米宽的路坎想逃离。说时迟那时快，我对准狼一阵扫射，狼重重地栽倒在地。

这次我估计狼必死无疑，飞速冲过去，还差几步，狼又扑腾一下站起来，虎视眈眈盯着我们……

这时，随车一只叫"皮皮"的藏獒，如利剑一般从车内跃出，扑向恶狼。藏獒的撕咬，野狼的反扑，一个回合又一个回合的较量，你死我活，难分难解。

狼见我们没有干预，有点坐山观虎斗的味道，显然没有把圈养的狗放在眼里，狼愈战愈勇。什么叫狗急跳墙，什么叫鬼哭狼嚎，什么叫撕心裂肺，狗与狼的搏斗令我震撼。

我忙从腰间拔出手枪，想近距离助皮皮一把。但狡猾的狼，识破了人的图谋，死死与狗扭打在一起，不给我一点机会。

我见皮皮已是体无完肤，怕它吃亏，在一边大声叫唤："皮皮，快闪开——"

话音未落，狼先下手为强，向我猛扑过来，我措手不及，来不及扣动扳机，旺堆一个箭步，挡在恶狼与我之间。

出乎意料的是，狼没有对这个半路杀出的程咬金下口，估计它被旺堆的勇敢与神速所震慑。狼连连后退几步，眼睛朝着我们，竟意外地流下了两行热泪。

没有想到穷凶极恶的狼，也会有人性的痛楚。我的心开始颤抖，对动物的怜惜之情油然而生，我收回了手枪。

也许，狼也感受到了我的善意，它仰头朝着苍天一声嚎叫，终于支撑不住身体，倒在血泊中。那一声狼嚎，真的令人撕心裂肺。我走到它旁边，发现它的眼睛未闭，我想用手去抹，结果抹了一把泪水……

这是一只咖啡色的狼，有四五十斤重，我说要将狼带走，给它找一个地方！

旺堆害怕地说："不能带！带了我们就走不出这片高原。"

我们将车上的牛羊肉都留在它身边。

这时，只见四周的半山腰，一片狼嚎。我们的车一开动，上百只的狼，从四面八方，向那只死去的狼包抄过来，仿佛一张巨网，包围圈愈来愈小，当快要接近那只狼时，狼群一片混乱，争先恐后狂叫甚至撕咬。

此刻，尘土笼罩了无人区的天穹，鬼哭狼嚎的撕咬惨不忍睹……

旺堆这时才发现皮皮还没有上车，我急了："赶紧去找皮皮！"

旺堆说："我们杀回去，等于自投狼网！"

"那怎么办呢？"

旺堆坚定地说："相信一只真正的藏獒，在最危急的时刻，它除了为主人挺身而出之外，一定还会杀出一条血路的。"

我们把车远远停在一个草坝路口，静静等待皮皮的归来。

时间一分一分地过去，十分钟、二十分钟直至半个小时，远处的牧场上仍是狼烟四起，沙尘弥漫。

就在我们对皮皮的归来慢慢失去信心和希望时，旺堆叫了一声："快看！皮皮追过来了！"

只见皮皮身后尘土飞扬！在我生命历程中，平生首次对一条狗，有了自己独特的理解和敬意。我早早打开车门，像迎接一个英雄的凯旋。

皮皮还未跑到车前，就一下栽倒在地上，我赶紧上前抱起它，只见它浑身是血，上气不接下气，一条腿上，白森森的腿骨已从皮毛中露了出来。

我忙脱下外套，将皮皮抱裹在怀中。旺堆则加大油门，赶忙逃离无人区，朝那曲方向疾驰而去！但未想到旺堆慌忙中，将车误开入沼泽中，我们赶紧下车绳牵人推，试图把车开出来。

"小心狼！"

大家赶忙上车。只见狼群不知从什么地方叼来许多红柳树枝条，填在打滑的车轮子底下，很快汽车脱离沼泽。

就在我们欢呼的时候，旺堆再次高喊提醒大家："小心狼！"话音未落，那些狼早已一溜烟跑得远远的。我到现在还未弄明白，藏北无人区几乎是不长一棵树的地方，狼是从什么地方找到无人区内罕见的红柳的？

旺堆庆幸地告诉大家说："这是狼对我们刚才举动的报答！一是我们没有打死狼，二是走时我将车上的牛羊肉都留在它身边。"

　　我真的没想到，刚才还是我们的对手或敌人，转眼就成了我们的朋友。我第一次为狼的善举而感动。要知道在无人区，谁在这里都是举目无亲，此时哪怕有人丢给你一根稻草，在这里也会撞出火花。

　　无人区本没有路，只要有车辙就叫路。老西藏人通常是追寻着别人留下的车辙向前。聪明的狼，已经猜出司机一定是第一次进无人区，这才造成汽车误入沼泽。

　　远远地，我们还见到许多狼走在汽车前面，为我们指引一条通道，直至走出这片沼泽，然后狼群头也未回地消失在无人区深处……

　　谁敢想到，连凶猛的狼都懂得报恩，我们是否应该反思？自诩为"万物灵长"的人类，是不是应当和地球上的其他动物友好相处，让这个世界充满和谐与爱呢？

　　有时候冤冤相报何时了，对手甚至不是对手，我们都把他当作敌人加以报复，似乎把对方逼入死路，方才觉得有一种快感。

　　其实，生活中，每个生命、每个人都是有一颗感恩的心的，做事情不妨放对方一条生路，说不定你的救命恩人就是他。

　　……

　　故事讲到这里，我扫视了一下会场，发现许多人此前的愤怒，正被此刻故事中的温和所替代。

　　我这才动情地说："之所以不厌其烦，向大家讲这个故事，就是想让大家用新的视角，看待这次打击侵权假冒的专项行动。"

　　王广舟坐在那里直摇头，他早已失去耐心，一阵阴笑地说道：

　　"说的比唱的还好听。"

　　这时，有人直接跳出来，冲着我上纲上线地说：

　　"毛主席早就教导我们，谁是我们的敌人，谁是我们的朋友，这是革命的首要问题。"

当然，更多的人觉得在当前中国企业普遍都处在企业荒的年代，这样的故事多少还是有所启迪的。

黄书记好像也坐不住了，跟着插话说：

"古人说，将帅无能，累死三军。刚才厂长讲的故事，用意明显，旨在告诉我们如何做企业。

"也许，我们可能都很努力，很辛苦，团队跟着你不停东奔西跑，如果基本上是在瞎忙活，那么我们永远是没有结果和成绩的。时间一长，团队成员就会对管理者失去信心。"

……

我不知黄书记说这些的意图，但我还是喜欢书记如同兄长或父辈对我们提出忠告。这时，我没有想到，接下来黄书记的一条决定，让我有点措手不及。

"不错，在这个企业荒的年代，连什么叫企业管理几乎都不知道的工厂，怎么能通过竞争，打造出中国一流的企业呢？"

这时，黄书记在会议上提出了一个建议：

"根据国家最近颁布的《厂长条例》，厂长需参加全国统考，考试合格才有资格任职。我们作为省属企业应率先参与，此举更会有利于我们这些老企业今后发展的前景！"

书记突如其来的决定，我听得僵在那里许久。

这时，王广舟立马表态赞同说：

"书记这个决定英明，我们这样的省属大型企业，确实要精明强干的企业领导人！"

说完这话，王广舟那副得意扬扬的样子，巴不得我把厂长位置早点腾出来给他。其实，王广舟的表态，真的是站着说话不腰疼，我强压心头之火——

"我服从组织决定，让我先学一步，对企业对我个人都可能是一次机会！"

我尽量将话说得慢一点，朴实一点，尽量缩小与这个老企业中文化水平普遍不高的那些老领导的距离。

人们都知道，那时候全国刚刚推出厂长负责制，厂长任命与考试合格上岗相结合，两条腿走路。现在既然人家一定要将我往最难的路上推，作为一个年轻人，或者说喜爱读书的人，未尝不是一件好事。

当然，私底下得弄清楚，谁对我好，谁对我坏。可见在企业里，不是什么人都可以配对在一个团队，譬如像王广舟这种人。在与他们打交道时，我得有自己的原则——

不要与没有素质的人争辩，微微一笑远离他，不要让他咬到你。团队中有这样的人，有时又不全然是坏事，至少会让我少犯错误吧，哈哈。

谁叫我是厂长，而不是"假如我是厂长"呢！我这个人就喜欢凡事都往好处想——正如《教父》里面那句话：

"永远别恨你的敌人，那会影响你的判断力。"

想到这里，刹那间，我觉得自己长大了许多。过去的一些稚气，年轻气盛的"野蛮生长"，好像正逐渐离我远去。

此时，会议早已散了，我还未觉察到，就剩我一个人还静静待在会议室中。

小谢轻轻走到我面前，叫了我一声，我这才从恍惚中醒来。

她马上递给我一根烟，划了好几根火柴才点上火。接着，她自己也点上一根香烟，这是我第一次见到城里姑娘抽烟，过去只在电影中见过。

　　这时，我懊悔的是为何自己没有主见，为何只知迎合别人，难道这样是为给对方一条生路……不，不，结果反把自己推到参加全国厂长统考，好像我是在为自己争夺一条生路似的……

　　如此滑稽，真的令人又好笑又好气，我真不知这样对企业是害呢，还是利呢？

第三章　厂长统考

有个段子这么说，在一个建筑工地上，楼上一块砖从天而降，一下砸到楼下十个人，其中七个是厂长经理，三个是董秘董事长。

如今走出去，随便碰到一个人，递来一张名片，不是厂长经理，就是董事长或董事局主席。这与企业荒的年代，厂长经理少得可怜，形成了巨大的反差。

在 20 世纪 80 年代初，不是随便谁都能做厂长的，必须参加全国厂（矿）长统考，拿到合格证书，你才有任职资格，这和现在一些行业的上岗证书是一样的。

有了这个红本本，你就有了厂长资格，这必然挡住了其他人的厂长梦。

在中国企业史上，这可是一件开天辟地的大事。可就是这么天大的事，翻翻那些文艺作品，竟然无法找到只言片语的记载，仿佛这事遇见了一场文字狱，早已从人间蒸发掉了。这件事一直困扰着我。

时势造英雄。我庆幸，这段历史我亲身经历了。

那天，企业党委扩大会议结束的当夜，天空一片漆黑，大风吹打着厂房门窗，发出"吱吱"的可怕声音。我在单身职工宿舍的一个竹质书架上翻书，竟然没有找到一本企业管理方面的书，这多少反映着当时企业荒的真实与严重程度。

就在我唉声叹气的时候，有人敲门。打开门发现竟然是老厂长，我十分惊讶。

"噢，老厂长您好！"

老厂长幽默地说：

"你挡在门口，不请我进房间？"

我脸一红，忙拉着老厂长进门说：

"不好意思！"

我拉着老厂长的手，让他坐到床沿，给他倒了一杯茶。

老厂长喝了一口茶，笑道：

"成功人士往往居所十分干净整洁。"

我说："老厂长莫取笑我。单身职工宿舍环境一般，但可以窗明几净。"

"居室小家可以窥见一个人，看来你是一个称职的一厂之长！"老厂长富有哲理的话，说得我一愣一愣的。

我知道老厂长文化水平不高，没想到他能从居住的房间，窥见房主的修养——房主人生其实就像这房主自己的房间……

正当我对老厂长刮目相看时，老厂长开门见山地说：

"这几天，厂子一些情况我都知道了，我想你有时间应该去读读书，暂时回避一下矛盾，冷处理一段时间，估计人们对新厂长的做法会有新的认识！"

"呵呵！"

我一下不知该说什么，但心里很感激老厂长对我的理解和支持。

这时，我告诉老厂长说：

"厂里已决定让我参加厂长统考。"

老厂长摸着胡子，告诉我说：

"这是我之前跟黄书记提的建议，也许这是没有办法的办法，一方面是骡子是马拉出来遛遛，有利于你挺起腰板做厂长；另一方面，不是很多人都想当厂长嘛，没有厂长统考合格这个红本本，那就请你靠边站，别做梦吧！"

我被老厂长如此周到的筹谋感动，连忙道谢说："没想到老厂长为我们年轻人考虑得如此周全！"

老厂长一笑，幽默地说："谁让我是过来人呢？"

我仿佛是在与自己的长辈说话，诚恳地说：

"老厂长，我没有接好您的班！"

老厂长握着我的手说："孩子，我老头儿可以这样称呼你吧？老企业大社会，除掉没有火葬场，什么都有。这个重担子压在你这个嫩肩上，的确不容易啊！"

"对这种老企业，我反对'新官上任三把火'的做法。建议对老企业采用老人老办法。"听着他推心置腹的话，我紧紧握着他粗大的手，连连道谢。

这时老厂长又提醒我道："老厂子，关系复杂，你是班子最年轻的，要多尊重老同志，带头搞好团结。只有团结，才有力量。"

"呵，请老厂长放心！"

我像一名新兵，站在一位久经沙场的老军人面前。

这时，老厂长拉我坐下来，仍不放心地问：

"你知道曾国藩吗？"

我说："不但知道，而且还很崇拜。"

"讲排名，我算是他的第五代曾孙。曾国藩有一句口头禅——平生长进全在受挫受辱时。"

"怎么说？"

我迫不及待地问老厂长。老厂长说不卖关子了，如数家珍地讲起他们曾家祖宗的那些故事——

曾国藩有个弟弟叫曾国荃，当时曾国荃刚消灭了太平天国，被慈禧封为湖北总督，但他在湖北境内得罪了慈禧的宠臣官文，一个月内几次被慈禧严斥，同时京城大小官员也都认为他居功自傲，目中无人。这时的曾国荃精神焦虑、日日失眠，甚至一度得了抑郁症，萌生了退朝还乡的念想。

看到弟弟如此消极，为了开导他，五十七岁的曾国藩在金陵官署给弟弟写了一封信，痛陈自己一生引以为耻的四次重大教训。

他在信中说，自己三十年来宦海浮沉，一辈子失败不如意的事情很多很多，但主要有四件事，使他终生难忘：

第一件事是道光十二年（1832年）到湘乡县考秀才，在应试中被主考官当众斥责，说他写的文章文理不通，秀才没考上。

第二年，他再次应县试，仅中背榜（末名）秀才。这对甚为自负、恨不能与韩愈、柳宗元同代以分上下的曾国藩来说，无疑是巨大的打击。

但曾国藩对这件事不怨天、不尤人，反而激起他发愤读书的信念。他说："自古以来确实有一些人的文章鄙陋却侥幸获取功名，但好文章绝不会被埋没。"这使他订下每天写一篇文章、作一首诗、看书不少于二十页的学习计划。

第二件事是在咸丰元年（1851年），已是翰林的曾国藩向咸丰帝汇报工作，为了对工作情况进行详细说明，他还画了一幅图，但这图画得丑陋不堪，引起了满朝大臣的嘲讽。

第三件事是咸丰四年（1854 年），曾国藩在岳州靖港兵败。当时，他要跳水自杀殉国，幸亏被他的幕僚章寿麟救起，狼狈逃脱后搬到城南高峰寺小住，遭到江西全省官绅的鄙夷和耻笑。

第四件事是咸丰五年（1855 年），九江兵败，石达开总攻湘军水营，火烧湘军战船一百多艘，曾国藩坐船被俘，后来他硬着头皮逃到江西，又弹劾了江西的巡抚、按察使；第二年当他被围困南昌时，江西省的官绅人人都幸灾乐祸。他与江西官员的关系，更是到了几乎没有一个人能容得下他的地步。

曾国藩形容自己当时的困窘处境是："一听到春风的怒号，心就要碎了；一看见敌人的战船开过来，就急得绕着房子转圈，没有好办法。"

后来他的老乡王闿运写《湘军志》时说："曾国藩在江西实在悲苦，现在想来，仍让人忍不住流泪。"

曾国藩在信尾对弟弟说："我平生的长进全在受挫受辱的时候，所以我现在虽然侥幸成了大名人，也不敢自诩为有本领，更不敢自以为是。你一定要咬牙立志，积蓄自己的斗志，增长自己的智慧，千万不要从此气馁。要想立不世之功，成不世之业，离开了'坚忍'二字是不可能的。"

我知道老厂长其实是借曾国藩说他自己，也包括提醒我。可见，任何企业的成功都是从磨炼中得来的。

也就是说，挫折和失败并不是企业的"意外"，而是一个企业成长道路上的必然。从某种程度上说，又是生活最珍贵的馈赠。

……

经老厂长这么一点拨，我豁然开朗。时下处于企业荒时期，我作为一厂之长，就得为此做好准备，甚至随时随地为此作出牺牲。

　　第二天，我在厂里做好交接工作，拿着行李直接到省城一所工人业余大学报到。这次省属企业厂长统考培训班，要求脱产三个月，对我们来说无疑是一个千载难逢的学习机会。置身美丽的校园，耳边传来琅琅读书声，一下又觉得回到了读书时代，感到格外亲切。

　　尤其想到这次打击假冒伪劣行动引发的一场烦人风波，可以暂时躲入教学楼中，两耳不闻窗外事，对此时此刻烦恼一身的我来说，也许是一个解脱。

　　现在说管理大家都觉得很轻松，但在那时，一提管理这个词，大家都感到神秘。所以这次培训班专门为我们厂长开设了"工业企业管理"这门课程，显然这是一个刚刚设立的学科。在当时别说企业，即便院校里也是普遍缺乏企管人才。所以，在这次培训班中，除了厂（矿）长之外，还有一小部分地方院校老师一起参加培训。

　　我们学习的课程一样，但学习目的不一样。

　　在培训班上，年纪大的厂长们学习上的确存在畏难情绪，对于许多概念和理论知识，接受能力普遍较差。年纪轻的厂长们学习则比较轻松，即便遇到什么不懂的问题，埋头将整本书啃熟也就是小菜一碟。

　　省内几家干部培训学校为了培养师资，选送了几位年轻女老师，刚好都分在我们班里。可能工作性质不一样，无论课上课后她们思想都特别活跃。像我这样年轻的厂长，有点树大招风的味道，成了她们疯狂追逐的对象，我觉得这些女老师不是来培训的，而是到厂长班来"淘金"的。

　　在谈恋爱问题上，我们这代经过"文革"那个特殊年代的人，愚昧得不知男女，甚至不懂得什么是青春，什么是浪漫，什么是激情。

一说到男女之事就会脸红，从来不敢正眼去看女人，甚至感到那是一种罪恶。在男女问题上一切都是墨守成规，顺其自然。

有时人家问我是不是条件高，我说我简单得就只有两个标准：相貌能否给我一见钟情，相处能否给我春暖花开，所以任凭班里的姑娘怎么吐露芳菲，我自岿然不动。

何况，这次我是来参加厂长统考的，不是来寻花问柳的。

就像当年我在杭州军营当兵，部队不许军人在驻地谈恋爱，所以，白天你可以望着西湖美女如云，晚上可以躲在梦中春江花月，就是不得越雷池一步。但这次我还是遇见有人喜欢与美女搭讪，不知这是不是男人的本性。

我不知是自己嫉妒心作祟，还是其他什么原因，在做课堂作业时，我故意给大家杜撰了两个企业管理案例。

说之前，我打了一个招呼："纯粹一半是虚构一半是荒诞，请勿对号入座，如有雷同纯属巧合！"

"呵，哈哈——"

一个是关于那时男女婚恋方面的故事：

一厂长与一美女发生婚外情，随着美女年龄变大，厂长最初计划采用"灭口"方案，财务科长得知后向厂长大献殷勤，提出以提高管理水平为名，由厂长出巨资，送美女参加企业管理培训班学习。

正好这期班上，高大帅的厂长经理如云，而美女的出现，又一下子迷倒了全班男生。

时间不到两个月，这个美女就不理睬原先厂长了，反转过来倒贴给原厂长一笔巨资，作为封口费……

这个男女婚恋方面的故事案例，给人们的启示是：

企业处置不良资产最有效的手段，就是包装转让，而非遗弃或自我消化。

班上的同学们听后哈哈大笑起来，连呼："言之有理！"

一个是关于那时企业原罪方面的故事：

在"大跃进"缺衣少食的年代，有一孩子快要饿死，饿急了去偷了别人的东西，备受饥饿煎熬的妈妈没有责备他。后来他们活了下来并慢慢富裕起来，过着衣食无忧的日子，但这个孩子又去偷了别人的东西，这次这位妈妈没有饶过他，先把这个孩子打得体无完肤，接着又将孩子送到了派出所。

民警就问了，当初他偷东西你为何不管，而今你却暴打孩子？

妈妈说："起初在道德与生命两者之间，我选择了活着是迫不得已，而今在生命无忧时，两者之间我选择了道德。

"所以我和孩子都要领罪受罚，对当初孩子的偷窃，受罚的不应该是孩子，而应该是我这个不作为的妈妈。对于现在孩子的偷窃，孩子应该领罪受罚。"

这个企业原罪方面的故事，给人们的启示是：

企业"原罪"可能是一个变革时期的必然现象，又是高悬在企业头上的达摩克利斯之剑。对原罪的清算、否认或道德性批判，也许都不能澄清这个沉重而无解的难题。

班上的同学们听后沉思许久惊叹无语。

我说这两个案例，本来是想活跃一下培训班上僵化的学习氛围，没想到事与愿违，有人为此对号入座，非要我说出案例背后的详细故事。

还有人为此摸到我们厂，调查我在厂里的生活作风是否有问题。

终于有一天，学校顶不住压力，专门派了一个调查组到企业了解我的表现。刚好遇见王广舟，他知道调查组来历后，跟着便落井下石："太低级趣味了，我为我们企业出了这样一个厂长而悲哀。"

王广舟的上纲上线，让调查组听得一愣一愣的。

接着，王广舟又居高临下一阵炮轰：

"如果在'文革'，一定以'流氓厂长'的名义揪出来示众！打倒！罢官！叫他永世不得翻身！"

调查组提醒他说："毕竟现在不是'文革'时期，我们得实事求是！"

"什么实事求是？"

王广舟拍着桌子，火冒三丈地说：

"联系我厂参与跨省打击侵权假冒的专项行动的失败，我就怀疑他背后出卖组织，与打击对象同流合污，这不就是最大的实事求是吗？"

王广舟带着火药味的话，弄得调查组的人不敢再说话了，就像遇到一条疯狗，见到谁都会下口咬一样。

这时，只见副书记大人紧闭双眼，根本不看调查组的人，全盘照自己的猜测自说自话：

"依我一孔之见，主要是我们的厂长年轻好色、狂妄自大、目中无人、无法无天。同时，我们对当下干部年轻化的做法，应该予以认真反思。"

调查组没有想到一个副书记对新厂长如此愤慨，推测他的心态一定不正常，为了尽快摆脱他，就顺水推舟问道：

"依你看，这事应如何处理？"

"嘿嘿！"

王广舟一阵奸笑，说道：

"为了对组织负责，也为了对我们这个省属大型企业负责，建议立即罢免他的厂长职务，提名像我这样的人当厂长！"

他自知说漏了嘴，马上纠正道：

"真的要我当这个厂长，我还得掂一掂，这个老国营企业负担太重了。"

调查组有人假装着急道："学校可以提出罢免，但要推荐谁当厂长，恐怕我们的手——够不着！"

王广舟又笑道："至于谁当厂长，这是组织上的事。建议按级别一级一级提升，切忌弯道超车，弄得我们这些老人永远没有机会。"

王广舟万变不离其宗，就是想要抢班夺权，这事我是后来才知道的。老实说，我年纪轻有什么不好，至少屁股后面没有尾巴让他抓在手上，所以我懒得去搭理他。

企业窝里斗，这事后来反倒成了学校又一个真实鲜活的企业管理方面的案例，哈哈……

转眼几个月的脱产培训结束，这天正式迎来厂长统考。一早有人敲我宿舍门，说企业有一批 60 年代初精简下放到农村的职工已经闹到学校大门口，要求返城回厂安排工作。

我一骨碌从床上爬起来，跑到大门口。只见黑压压的一片，至少有百把号人。

20 世纪 60 年代初，我国遭遇严重经济困难。工厂生产的产品卖不出去，百姓收入微薄买不起，陷入恶性循环。最严重的是粮食极度匮乏，哪里都没有粮食，农村百姓吃草根、树皮、菜叶、麸皮、豆腐渣，到后期连这些都吃光了，只好饿肚子。

农村如此，城市居民更是雪上加霜，他们想吃草、吃树叶都没有，国家供应的每天几两粮食，只能熬粥喝，整天饿得心慌气短，直不起腰，面黄肌瘦……

鉴于这种情况，国家决定实行"调整、巩固、充实、提高"的调整国民经济"八字方针"，要求大量精简城市人口。

企业员工纷纷要求到农村去！与其在城市活受罪等死，不如到农村去闯出一条活路。虽然农村也没有粮食，但那里有土地、有荒山、有植物，甚至有牲畜吃的稻草、秸秆，总可以填饱肚子。

但故土难离！金窝银窝不如自己的狗窝！城市虽然更困难，但终归是自己生活的家啊！背井离乡，到举目无亲，没有任何生活基础的农村去，是多难的痛苦抉择啊！

于是，一场声势浩大的下乡运动开始了。企业逐级进行下乡动员，要求共产党员、共青团员、积极分子、领导干部、劳动模范、生产骨干带头。当时的人们是那样的纯洁，那样听党的话，即使自己忍受千般苦，也无怨无悔，主动申请离职下乡，不仅为自己，更为党、为国家分忧解难，勇往直前。于是，单身职工孤身一人，带着简单的生活用品走上了去农村的道路。有家口的职工则拖儿带女、背箱拖柜走上了漫漫长途……

企业当时告诉下乡的职工，一旦国家形势好转，将优先把他们请回来。但是时隔不久，"文化大革命"爆发，国民经济陷入了更大的困境。

与"文革"期间被下放的城镇居民不同，困难时期被下放的城镇居民命运更悲惨。因为前者在打倒"四人帮"后可以返回城镇，后者中一些人却与回城的机会失之交臂。

应该承认，他们也是中国社会保障体系中的特殊群体，随着年龄增加，这一群体的养老问题也亟待解决。

历史就是这样无情，弄清楚这些情况后，我当即向企业的这些职工表态："这是新中国一段特殊的历史，我们省属国营企业有责任和义务帮助你们解决后顾之忧。"

我的话还没说完，这批上访职工和家属就起哄了，有的说：

"当初动员我们下放时，说得最多的一句话，就是度过暂时的困难后，国民经济一经好转，会及时召我们回来，复工复职，重回城市工作生活。"

还有的说："时过境迁，当初政府说的话没有人为我们兑现。现在谁上任了，也没有理我们的……"

大家七嘴八舌，事情很清楚，但如何处理，谁都做不了主，也没有人敢拍板。

这时考试预备铃声已经响起，为了尽快安抚好这批上访员工，我郑重其事地表示说："希望你们相信我，今天一考完试，我首先帮你们争取落实政策。"

上访人员人多嘴杂，乱糟糟的一团，根本听不见我的话，有人怀疑说："看你年纪轻轻的，嘴上没毛，办事不牢。口说无凭！"

最后，我用了激将法："既然你们信不过我，那我就是多管闲事了！"

上访人员听我这么一说，哪肯轻易放过我。在这二十多年的上访之路上，他们好不容易可以与厂长直接对上话，而此时我已经成为他们的一根救命稻草，所以他们将我里三层外三层团团围住。这时我听到有人说：

"王广舟副书记跟我们说过，什么时候厂长帮我们解决好问题，什么时候我们回家。"

听话要听音，此时我心里多少有了底。这事一定是王广舟这个王八蛋挑起来的。而选择考前这个时间点来省城闹事，应该是有人精心策划的。我在哪里学习，什么时候考试，只有企业班子成员才知道的。

现在令我着急的是，对于统考，如果我一个人参加不了，大不了届时我主动辞去一厂之长。如果因我拖累了全省的厂长统考，这个责任可能谁都无法承担。我把这个利弊关系告诉上访职工和家属们，一下子得到许多人的同情。

有人说："考试确实是大事，不能耽搁厂长前途。"

更多人附和说："是啊！"

时间一分一分飞逝，按考场纪律，开考十五分钟后，禁止考生进入考场。豆大的汗珠从我脸上滚落下来，这时我提出了一个折中的方案——

"如果你们担心我事后不认账，我愿意当场在你们上访书上画押，保证今年春节前，为你们全部落实好政策。"

不等我的话音落下，有人冲着我高喊：

"这个办法好！"

接着还有员工高呼口号：

"厂长万岁！"

我双手合十高举至头顶，连声道谢：

"拜托大家安静些！"

到底是老职工，组织纪律性特别强，立马闪出一条通道护送我直抵考场，人们默默向我挥起双手致意，令我顿时热泪盈眶。

我头也不回地直冲考场，考试的最后铃声刚刚响起，我的前脚正好迈进教室的门槛……

第四章　风波

参加完厂长统考，我还没有来得及与学校及同学打声招呼，就在第一时间匆忙赶回企业。因为有了之前的承诺，我必须尽快回单位处理好老职工精简下放的问题。

同班的一女生，是省城一所著名大学管理学院的老师，也跟着追到企业，说给我送新出版的《傅雷家书》，还夹着一张当时罕见的断臂维纳斯的明信片，上面留有她的赠言。

那天，是回厂后的第一个星期天，我们聊起《傅雷家书》。

我说："听说过《傅雷家书》，但没有读过。"

美女老师说："这本书大学非常流行。"

每个人都有着自己伟大的父亲，无论这个父亲是知识渊博的学者，还是一个只知下地耕作的农民，他们一样伟大。

《傅雷家书》的字里行间都洋溢着浓浓的亲情，读着读着就让人对他们的父子之情感怀不已。他们虽远隔万里，但父亲对儿子的牵肠挂肚和无微不至的关心，让人不胜感慨。信中有对儿子学业的指导，更多的是对儿子人生的指引。

美女老师感叹道："现在很多人都学会了隐藏自己，还有多少人可以像傅雷那样把自己的情感细腻地表达出来？"

她说这话的时候，两眼紧盯着我，似有所指。此时，美女老师像是给一个学生上辅导课，说起傅雷就滔滔不绝。

傅雷先生在信上不仅谈艺术学习，还谈生活恋爱，谈做人，谈修养，甚至儿子写错字，父亲也会郑重其事地指出并耐心分析纠正。

我们又何曾如此跟家里的长辈认真提及这些问题？在学校的生活，父母不知道，也不想让父母知道，更别说恋爱了。

我惭愧地说："回想自己工农兵学商，每一段经历，都是不朽的财富，但却很少给父亲写信。"

美女老师乐得哈哈大笑，一本正经地说：

"现在你可以补一下课，譬如给你恋人写信啊。"

我跟着美女老师傻笑起来说："我的对象还在天上飞呢。父母建议我找一个在职职工，夫妻双职工，以便在厂里解决住房问题。"

那时住房问题已是一个社会问题，毫不夸张地说，找房子比找对象难。美女老师觉得不可思议：

"一个堂堂国营大型企业的厂长，怎么会像社会上的普通小老百姓，还要担心什么住房问题？"

我立刻敛起笑脸，严肃起来说道：

"越是厂长，越要为职工带好头呀！"

"好一个讲原则的厂长，真是铁面无私。"

这时她用手掩嘴，好像突然想起什么，马上又补充了一句：

"难怪我姐说你太率真，太讲原则！"

我被她说得莫名其妙，马上问：

"你姐是谁呀？"

她得意扬扬，又神秘兮兮回答：

"她是省武警支队长！"

"哦，我知道了！我们一起执行过任务，她是一个活脱脱的女强人。"我脱口而出。

美女老师笑道："呵呵，强什么呀！和我一样，连个男朋友都找不到。"

美女老师不动声色的幽默，让我们傻笑了好长时间。

"不开玩笑了，咱们言归正传！"

我带着一种期盼，对美女老师说：

"听说你们大学管理专业很强，我想委托你，帮助我们做一个企业管理推进方案。"

"呵，能为厂长大人服务，求之不得！"

美女老师将手向我伸过来，说道：

"拉钩上吊，一百年不变！"

话音未落，我们两个人的小拇指，早已经紧扣在一起……

这时，有人猛烈地敲着我宿舍的门，美女老师想去开，我一把拉住她。

她问我："谁这么没有礼貌？"

我淡然一笑道："在厂区，职工就是主人翁。"

我快步走过去打开门，几位职工一拥而入。

其中一位职工怒气冲天地喊道：

"厂长你金屋藏娇，只图自己逍遥自在，还管不管我们职工的死活？"

我估计他是酒喝多了，就示意美女老师："你先走吧！"

回过头，我对职工说：

"对不起，有话坐下来慢慢说。"

这时，早已被职工纠缠着的劳资处长，面露难色地对我说：

"厂长，本没有事，只是刚刚有职工咨询精简下放职工政策，我说这事还八字没一撇呢！"

"没想到这样一句话，不知怎的激怒了他们。"

我见劳资处长说话紧张吃力的样子，马上接过他的话说：

"你不来，本来我也要去找你。全厂 60 年代初精简下放到农村的职工有多少？"

劳资处长含糊不清地回答："这个数字很恐怖，估计至少有上千人啊！"

我非常顶真地说："请你们劳资处会同保卫处，这周给我一个精准的数字。"

劳资处长显露出十分为难的样子："这批人关系太复杂了。"

当然，这事没有回转的余地，我又补充了一句："那就分三类——可办的；难办，但通过努力可办的；难办，通过努力还是难办的。"

劳资处长看我与他较劲，大气也不敢喘一口，小心翼翼地说：

"王广舟副书记是分管我们的直接领导，请厂长与他也打声招呼。"

王广舟！一听到这名字，我就气不打一处来，但考虑有企业员工在场，我还是给劳资处长留足了面子，说：

"好，我会与他沟通。但你要记住如今是厂长负责制！"

然后，我回过头对在场的几位职工说："对不起呀，当初你们为国家分忧，今天我们必须为你们解难。"

最后，我还向职工们再次道歉说："请给我一点时间，我会给你们一个满意的答复！"

一周时间转眼就过去了，我到劳资处找到他们的处长，查点全厂60年代初精简下放农村的职工情况，他竟给了我一个谁都想不到的答案：

"王副书记至今还没有布置给我们这项工作。"

我见王广舟也在，嘴里叼着一根香烟，跷着二郎腿还一晃一晃的。我气不打一处来，冲着劳资处长声嘶力竭地吼道：

"我是厂长，我可不可以向你下达指令？"

劳资处长看我不给他情面，他也不是省油的灯：

"谁分管我，我就对谁负责。"

的确，从分层直管的角度，劳资处长的做法本无可指摘。从某种程度上来说，对劳资处长严格按规矩办事应予以表扬。

这时王广舟已经坐不住了，面露得意地说：

"县官不如现管，这样忠诚的干部现在企业见得太少了！"

"什么叫忠诚？请问厂长可否临时交办任务？"

我怒不可遏，抓起劳资处长桌上的一只茶杯，"嘭"的一声，狠狠砸在地上。

王广舟这下坐不住了，站起来对我大声吼道：

"你们吵什么？注意一下我们国营企业的形象，好吗？"

我对王广舟本来就看不惯，见他那副阴阳怪气的样子，一语双关不客气地答道：

"这样的企业形象，早就应该砸烂了！"

我顺势一把将门关上，回过头来质问王广舟：

"今天办公室没有其他人，请问我可不可以向劳资部门布置工作？"

"谁说不可以？至少我管的部门，厂长随时都可以下达指令。但事后应该向我打个招呼，我还是这个企业的党委副书记吧。"

"真的吗？"我单刀直入问道。

劳资处长看我两眼盯着他，这下他急了，马上对王广舟说："厂长的要求我向你汇报过，但你问我听谁的。"

王广舟皮笑肉不笑地说："今天厂长在你这里，你说你应该听谁的？"

劳资处长一副委屈的样子，说："现在我真不知道听谁的了。"

听到这里，王广舟沉下脸，狠狠地训斥起劳资处长：

"不是我当着厂长面说你这人的坏话，你啊！死脑筋！"

劳资处长鄙夷地看着他说："你以为我的智商，真的像你想象的那么低吗？"

这时王广舟一笑，愈加猖狂地说：

"我说你这么大的岁数白活了。就像我家一条哈巴狗，怎么就一根筋？"

听到这里，堵在劳资处长喉咙的话让他不吐不畅，他干脆捅破王广舟的话背后的那层纸，说道：

"书记大人，我当时对你的话的理解，就是别听厂长的，他算什么东西。"

王广舟脸色苍白，仿佛被人捅了一刀，冲着劳资处长发飙吼道：

"不要狗急乱咬人，挑拨我与厂长之间的关系！"

"我猜到你事后会这样说，所以我瞒着你，已经完成了厂长交办的任务！"劳资处长边说边从口袋拿出一份材料，交到我的手上，泪流满面地说：

"厂长对不起，这是我八小时之外为您准备的材料！"

劳资处长说这话时，因为王广舟在场，使得他更加胆战心惊。可能之前我逼得急，而劳资处长又不敢去得罪分管领导王广舟。

我忙打开资料一看，是我厂 60 年代初精简下放到农村的职工的详细情况，我回过身，紧紧握着劳资处长的手说：

"谢谢你，让你受委屈了！"

王广舟看到这里，冲着劳资处长火冒三丈地说：

"原来你在背后耍我，真不是个东西！"

王广舟说着扭头就走，最后不知向我还是向劳资处长撂下一句狠话：

"我会让你不得好死的！"

良言一句三冬暖，恶语伤人六月寒。我冲着王广舟的背影，向地上吐了一口痰，掉头就走。

一周之后，办公室谢秘书告诉我，劳资处长从办公大楼顶层跳楼自杀未遂，经省城医院全力抢救，命被救了下来，但变成了植物人。

后来，还有人造我的谣说：

"劳资处长是因为工作压力大，被厂长逼死的！"

在改革开放初期，一个企业中出现这样的人命关天的大事，那是要轰动全国的。

对这件事，省领导做了批示，政法部门的人马上组成了联合调查组，进驻企业进行调查。出乎意料的是，这次调查组竟是由省武警支队长带队。

再次见到这位美女武警，她没有穿警服，见到她时感觉比上次年轻了许多。我主动迎上前去跟她打招呼，她却像不认识我似的。

手中有点权力的女人都有点儿傲慢自负。

望着面前这位身着便衣的武警支队长，我又想起最初有人问我的话：人这辈子最怕遇见的人是谁？

难道真的是他们？据说调查组在厂里，整个调查还是实事求是的，但在调查组听取党委会意见时，王广舟作为劳资处的分管领导，不断给工作组和厂党委施加压力，强烈要求这件事无论涉及谁，必须撤销职务，追究责任，涉嫌犯罪的应移交司法机关处理。

最后调查组意见也出现分歧，细心的省武警支队长晚上想约我单独进行谈话，我表示感谢，但又婉言回绝说：

"我的命与支队长相克。"

后来调查组决定集体找我谈话，我当然无法推托。武警支队长亲自压阵，上来就是一阵炮轰：

"不要以为是大厂的厂长，就摆这副臭架子。

"你知道我们是为什么来的，为谁来的吗？

"你这样下去，只会自绝于人民，自绝于党！"

我刚想开口解释，她桌子一拍：

"今天你不要给我解释，下面有人问你什么，你就回答什么。听到没有——"

她两眼向我一瞪，眼神里好像有一种暗示，我心有灵犀马上回答：

"听到了！"

然后，另外一个人拿着一份预先准备好的稿子，像审讯犯人一样，让我跟着他一字一句对下去。我分明成了笼中之鸟，一切任由他们摆布……

最后我向调查组提出一个请求："既然劳资处长要自杀，估计他一定会给单位或家人留下遗书，建议尽快找到遗书，也许一切就都真相大白。"

美女武警哈哈一笑："你以为我们像你一样蠢，我们早已找过劳资处长的家属，说是什么遗书也没有！不过，鉴于这件事的重要性，我们可以再找她谈谈，看看是否有新的线索。"

后来调查组走后，这事就搁了下来，迟迟未见处理结果。厂里又有小道消息说：

"那个调查组负责人省武警支队长，与厂长是情人关系。她怎么会将自己心上人，送到牢里去呢？"

还有传闻说："劳资处长遗书找到了，自杀原因与厂长无关。"

如此等等。这些小道消息满天飞，传到我耳朵时，我也只是一笑了之。

因为我真的不知最后事情真相是什么，何况这些有关我的事件，我自己是无权也无法向职工解释的，一切只能凭良心说话！

但有一点我不能含糊，不能因劳资处长的事情，耽搁我向精简下放职工许下的承诺。对于他们的遗留问题，我必须在今年春节前为他们做好首批安置落实工作。这事对我来说，已经是开弓没有回头箭。所以，我又根据劳资处长之前提供的方案，立即召开了企业专题会议，进一步明确了企业内部流程分工细化方案。

一个月后，我又带队跑到省级主管部门那里汇报工作，结果吃了一个闭门羹——60年代初精简下放农村的职工情况，全省量大面广，情况错综复杂。

意思就是说，这事不是你一个厂能办的事件。回到厂里，经办人员彻底失去了信心。但我不甘心，当晚带了一些礼物，上门去拜访省级主管部门的那位经办人，想以此拉拢并求得他的理解与支持。

第二天晚上，又去拜访了省级主管部门的处室领导。

第三天晚上，我又让司机开着车，去省级主管部门一把手家中拜访并说明情况。如此层层递进，目的就是要得到领导对基层企业工作的支持。

……

最后，省主管领导提出了一个交换筹码的方案——由省主管部门出面协调落实因为企业精简下放在本省的职工安置问题，跨省精简职工的政策落实，各省不一，不是省劳动人事部门的权力。回报他们的筹码是企业每年帮助省主管部门解决职工福利，折合人民币约一百万元。

一百万！这在当时可谓天文数字。在厂行政班子会议上，我提出企业砸锅卖铁，也不能亏待当初积极响应组织号召，主动减轻企业负担的精简职工。

老的问题解决了，新的问题又接踵而至。因为省属企业员工来自五湖四海，省外职工占比非常高，现在省内精简职工安置指日可待，那么省外精简职工政策如何落实呢？

苦思冥想后，我以企业的名义向省政府打报告，得到领导批示后，再到具体的主管厅局汇报。那时厅局长架子都特别大，谁都没时间专门听取一家企业的情况汇报。

厅局长不肯听汇报，我就跟着他们上下班，帮助他们打开水，搞办公室卫生，然后守在门口等待。一天不行两天，两天不行三天，三天不行四天，到第五天，人心都是肉长的，我的举动终于感化了他们，领导专门抽时间听取了汇报，并在企业报告上签上意见，以便精简职工安置这项工作落到实处。

我还向领导主动提出承担省级厅局的职工福利。领导对送上门的好事，当然求之不得，并提出将我厂精简职工落实工作列为全省试点，待取得经验之后再在全省推广。

对于企业办事，我掌握了一个规律，叫作会哭的孩子多吃奶。

具体做事情的时候，应当争取喝"头口水"，或者叫作宁做鸡头，不做凤尾。

在对全厂上千名精简职工政策落实上，现在我们企业已经尝到了甜头。

这件事也给了我莫大的鼓励。我觉得要让职工为企业工作铆足劲儿，在生活问题上一定要为职工减负荷……

后来，有人背后又告我的状，说我"侵占国家资产，为个人捞好处"。我办事的原则是，只要不将一个铜钱放到自己口袋，我怕什么？

谈到干部"四化"，对我最管用的是年轻化。因为年轻，我屁股后面没有尾巴给人抓，所以不论做什么，我都会理直气壮。加之我是在完成国家对企业承包合同的基础上，拿出多生产的产品为职工谋福利，这也是天经地义的。

我笑对谣言，交足国家的，留足自己的，余下来的都是企业职工自己的，这有什么不好呢？

后来有人找我反映，劳资处长家属也是当年精简下放对象。我就感到十分好奇，他本人当时统计汇总时，为什么要把自己家属剔出去呢？

这时，有人走进办公室来找我，自报家门是劳资处长家属，我笑道："我刚刚还想着抽时间去看处长。他目前身体状况如何？"

"多谢厂长惦记，目前他基本稳定。今天我来主要是来汇报一下，我也是当时企业精简下放人员。"

"为什么他没有把你统计进来？"

"我也不知道，我就听有人传说，他在单位轧妎头，有一个相好女人，所以老早就与我闹离婚。"

"后来为了离婚问题，我找过王广舟副书记帮助解决。没想到他竟说什么人往高处走，水往低处流，希望我多多理解！"

"那后来呢？"

"听说王副书记找他谈过话，得知他们提到一个女人。王副书记还吓唬他说，在这个问题上，要么你死，要么她死。"

"呵呵！"

"估计这是引发我男人跳楼的主要原因。"

"还有什么情况？"

劳资处长老婆听到我这么问她，这才想起什么，忙从手袋里翻出一本笔记本给我看。这是一本非常精致的软抄本，扉页上写着一行字：

"赠送 ××× 处长留念！"

字迹清秀，明眼人一看，就知道是女人写的。

本子前面十多页纸已被撕掉，仅留下名为《一个已逝男人的遗物》的文章，可能是从什么地方摘录下来的：

有个人死了，当他意识到时，他看见上帝手拎行李箱向他走来，于是就有了死者与上帝的这段对话——

上帝：好了，孩子，我们走吧。

男人（指死者，下同）：这么快？我还有很多计划没……

上帝：很抱歉，但时间到了。

男人：你的行李箱里是什么？

上帝：你的遗物！

男人：我的遗物？你的意思是我的东西，衣服和钱……

上帝：那些东西从来不是你的，它们属于地球。

男人：是我的记忆吗？

上帝：不是，它们属于时间。

男人：是我的天赋吗？

上帝：不是，它们属于境遇。

男人：是我的朋友和家人？

上帝：不，孩子，它们属于你走过的旅途。

男人：是我的妻子和孩子们？

上帝：不，它们属于你的心。

男人：那一定是我的灵魂？

上帝：孩子，你完全错了，你的灵魂属于我。

男人眼含泪水，恐惧地从上帝手中接过并打开了行李箱，空的！他泪流满面，心碎地问上帝……

男人：我从来没有拥有过任何东西吗？

上帝：是的。你从来没有拥有过任何东西。

男人：那么，什么是我的呢？

上帝：你的每个瞬间。可惜你的活着与你的死去，没有什么区别。

……

一个人要结束自己的生命，真正令人感到怜悯和战栗的，其实并不是他的死，而是他为什么会死。

自杀不只是关乎如何去死，而且是关乎如何去生。只有如何去生的问题没有得到解答的时候，如何去死才会成为问题。

如果说企业是生活的场所，家庭更应是生命的归属地。当一个人没有了"落脚点"，生活就会变得空虚，没有根基的生活就不具有质感。或者说，在"罪"与"赎"中，人需要一个选择。

　　望着眼前这位瘦弱的女子，让我脊梁发凉的不是那具从窗户栏杆上挂下来的——像灯芯草一般的她的老公的躯体，而是在这一刻之前她老公心里的活动……

第五章　祸不单行

江南夏季多雨，沿海一带这个季节通常台风盛行。

每天晚饭后，我都习惯在厂区散散步，走一走。由于厂区占地三千多亩，走一遍约四个小时，所以我习惯分开走，单日用两个小时去视察研发制造各分厂，看一看建材机械、钢门铁窗、大型砌块、砖瓦半成品和成品，而双日用两个小时沿着砖瓦取土的泥塘走一圈。

望着灯火通明的厂区，运输车船在有条不紊地穿梭，工人们踏着三班转的节奏，我想在自己的八小时之外，仍能与职工们亲密接触，并希望通过这个渠道发现企业生产制造中的一些问题，以便尽快将其扼杀在萌芽之中。

这次，我跟着取土铁轨翻斗车，来到取土泥塘最深处，有职工向我反映说：

"现在取土泥塘越挖越深，遇见许多石头，疑似石灰石。"

当时，我也没在意，后来半成品出来没问题，直到成品出来发现了重大问题。经过烧制的砖瓦，夹在里面的石灰石变成了白色石灰，一遇水马上爆裂。

之前生产厂长带着技术人员，一直没有找到问题原因，后来我突然想到那晚职工反映的情况，赶紧跑到现场一看，由于泥塘资源濒临枯竭，再向下挖全是石头，而这些石头都是石灰石，经高温焙烧后成了产品爆炸的元凶。

既然企业出现了如此重大的质量事故，我让经营部门马上锁定销售单位和个人，这才发现大部分产品进了省属重点工程工地，因为那时省内有一个不成文的规定，省级以上重大工程必须使用我厂的产品，当时看重的就是我们产品质量有保证。所以各大建筑设计单位在设计图纸时，无一例外都强制推荐使用我厂建筑材料，不然的话工程质量就不敢保证，你说这事大吧。

即便是一般工程，如果拿不到我厂的产品，至少基础部分使用的建材必须是我厂生产的。

这样一来，我厂每年的生产计划，全部由省级主管部门下达，也由他们计划分配。而承包之外超生产计划的部分，则百分之百由企业自产自销，销售对象基本是关系户。

可见，企业产品大头流向了省级重大工程，小头流向了企业协作生产的关系户。也就是说，这产品一边事关国家重点发展的高楼大厦，一边事关企业"皇亲国戚"的花园别墅。

对企业来说，手心手背都是肉，我马上找到厂党委黄书记，希望他能支持我的工作。

"问题产品必须全部追回，企业以此为教训，严查追责。"

我的呼吁立即得到了书记的肯定和支持，他还强调让我抓紧落实，一边向社会公开召回问题产品，承诺百分之百由企业上门调换；一边在媒体的监督下，由企业将问题产品百分之百统一销毁。

当时，此举立马成了当地一个爆炸性的新闻。

本来是企业一个质量事故，经过媒体这么一炒作，反而进一步扩大了企业影响，可谓因祸得福。

黄书记赞叹说："到底是经过厂长统考培训的人，那些企业管理知识立竿见影了！"

我苦笑说："书记，你不撤我的职，对我已是格外宽容了！"

书记也没有多说，只是用他宽大的手紧紧握着我的手，我从他温暖的手上得到了一股无穷的力量。

但好心未必能办成好事，在召回问题产品时，我碰到了一家乡镇企业的厂长吕冠球，当时他已是全国乡镇企业的一面旗帜，他非常惋惜地对我说：

"你们国营大厂产品，我们乡镇企业没有资格享受。现在你们能在计划外给我们紧俏产品，就已经算我吕冠球面子大了。"

我对老朋友的夸赞，一边是感激，一边还是愧疚：

"谁使用我们的产品，谁就是我们的上帝。我们只有做好服务的责任，来不得半点马虎和折扣，何况建筑工程百年大计呢！"

吕冠球向我伸出大拇指，诚挚地说：

"你们省属企业质量再有问题，也比我们乡镇企业产品靠得住。"

他还给我讲了一个他们企业自己的故事——全厂数百人，只有一个高中生，大多数工人几乎目不识丁：

"'全面质量管理'的英文字母 TQM，只认识其中一个 Q 字，说是老 K 牌上有，叫作'皮蛋'。"

老吕说着一口地方土话，我听得很吃力，但还是被他逗得哈哈大笑。

我知道老吕已经将这次的问题产品用到厂房建设中，所以我更加着急地说：

"在质量问题上，没有企业等级或高低贵贱之分。老吕，涉及你们已使用到工程上的产品，拆除费误工费均由我们企业来负担。"

吕冠球厂长被我的真心诚意所感动，连声称赞道：

"谢谢你们国营企业老大哥！"

我当时就在想，你们这些在国营企业一统天下的夹缝中生存下来的乡镇企业，别说怎么做贡献，如今能平安地活下来，也许就是对中国经济的奉献了。

我头脑非常清醒："千万别把我们国营企业捧上天，我们只是沾了体制的光。如此被人供着的日子，这是长不了，也是不正常的。"

吕冠球半信半疑地问我："这要等到猴年马月？"

我肯定地说："这个日子应该快了！"

一个国营企业厂长与一个乡镇企业厂长，如此推心置腹的谈话，令我们得到了一种久违的享受，为此两人都会心地笑了……

通过千方百计，企业组织人力物力共追回问题产品一百多万元。要知道在那个职工月工资仅仅是几十块钱的年代，这显然是一个非常惊人的数字。

我把这些报废产品堆在厂中间，召开了全厂职工大会，要大家对照生产中的废品举一反三。

然后再带着员工，将它作为垃圾处理。工人们看在眼里，痛在心里：

"厂长，这些产品再不行，大不了做铺地砖，也比泥巴地好呀！"

有人发牢骚："这上百万元钱，我们挣工资几百年也赚不了那么多呀！厂长是不是太大方了！"

我对广大职工铁面无私地说："企业生产出这样的次品，不仅是对省属建材企业信誉的损害，更是对国家、对人民的犯罪。一个厂的信誉与品牌是至高无上的。今后不管哪个人出了次品，都得罚款，都得砸他的饭碗。"

接着，我从百万产品报废入手，开始了铁腕治厂的全面企业整顿，提出"先质量后产量"的产品质量观，又制定了严格的管理制度，推行企业全面质量管理，把责任落实到每个分厂、每个部门，直至每道工序。

我按照自己心中的一张张蓝图，大胆有序整顿这个老厂，某种程度上不亚于拯救一个老态龙钟的老人。首先在这个风云变幻的社会，想办法先延长他的寿命，然后再考虑他的生活质量，直至慢慢恢复他的生命力。

我多么希望我能成为工厂这台老掉牙机器的八级技工，尽快让它走向正轨，催生出新的造血干细胞。

我坚信，我既然是厂长，就应该有这个能量和能力，不然的话你占着茅坑不拉屎，迟早会被职工被社会淘汰的……

就在我感到得心应手时，厂长统考的分数下来了，我的心怦怦乱跳，紧张万分地打开通知信函，连我自己都傻眼了：

"不及格！"

我不相信自己的眼睛，横看竖看后，我发现现实就是这么残酷。我就像一个高考的落榜生。

这时我努力让自己冷静些……接受失败，现在我深知现实是无法改变的，只能调整自己……这时不承认现实，就等于是不给自己重新开始的机会……

几位得知情况的精简安置职工，为此十分内疚，纷纷找上门来向我道歉：

"都是我们闹事闯的祸，影响了厂长统考的正常发挥。"

有的叹息说："当初就不应这么做，造成厂长统考失利，完全是我们听了少数人的挑拨。"

当然也有人背后戳指头，幸灾乐祸地说：

"活该！厂长的位子早该让出来了。"

……

无论人们怎么议论，我都照单全收，重新审视自己。我不会寻找外因，说一千道一万，就是自己水平不够。

晚上我翻来覆去睡不着，干脆拿起笔向党委黄书记写了一封信，在信的最后，我按照厂长条例，毅然决然地要求辞去厂长的职务。

黄书记一接到信，马上将我叫到他的办公室，毫不留情地批评道：

"千万不要意气用事！"

我说："我是认真的人。"

"你以为你不当厂长，这个厂就找不到人当厂长？"

我摇头说："这怎么可能呢。"

黄书记直截了当地指出："如今竭尽所能之后的不强求，与两手一摊的不作为，完全不是一个层次的事情。"

这是我第一次听到书记嘴里说出这么深奥又十分富有哲理的话。

"现实是残酷的，我眼前的路已经没有借口。"

"千万别给自己的不努力找借口了。"

书记仍然十分严肃，这句十分威严的话一下子把我噎住了。

"不是我不努力，主要是自己不争气。"

听到这里，书记更生气了，说道："是的，努力很难，但不努力将更难。"

我的泪水一直在眼眶里打圈，书记这才同情地说：

"我很理解一个统考失利的厂长此时此刻的心情，今天我希望你，有苦就诉、有泪就流、放松自我，千万别憋着。"

我一直将黄书记当作我的师长，我这时就像犯了错误的孩子，低声说道："书记，我辜负了您及全厂职工的期望！"

黄书记向我连连摆手，说："这个时候不需要检讨自己。如果想哭，就放声大哭一场；如果不想哭，请将写给我的辞职报告，马上撕个粉碎。"

听到黄书记如此体贴的话语，我顿时信心倍增。

这时黄书记马上又对我说道："我想送你两句话。一句话是'失败乃成功之母'。没有人可以始终一帆风顺走向成功，也不是只有厂长统考合格才能支撑起人生的未来。另一句话是'条条大路通罗马'。这句话最先是用来形容古罗马帝国的强盛与繁荣的，说明通往成功的路径有很多，并不是只有唯一的一条道路可以通向成功。"

我一声叹息，说道："谢谢书记的理解，这些话我都懂，遗憾的是我这样无法向职工交代！"

黄书记说这几天他也认真学习了厂长条例，当厂长仍有两条路径：一条是参加厂长统考合格，一条是企业主管部门任命。书记说到这里，还告诉我一件事，他已让人事部门出面，要求再核查一下分数。

我忙挡住书记："没考好就没考好，千万别让别人再看笑话。"

"假如改卷老师出差错呢？"

"说实话，从小学到大学我没有考试不及格过，没想到这次会马失前蹄。"

"那我们更要查分。这事你别管了！希望你从今天开始重新振作起来。"

一个领导为我把事情做得这么细致周到，我还有什么埋怨、苦恼，还打什么退堂鼓呢！书记握着我的手，我站起来说道："那就请书记相信我，在哪里倒下，就从哪里站起来！"说完这话的时候，

我们两双手越握越紧……

有这样的书记做同事，可能是人生最难得的宝贵财富。一个月后，书记可能怕我还没有走出统考失利的泥潭，他通过个人关系，利用时任国家经委主任袁宝华南下出差机会，盛邀他来企业讲新形势下企业管理工作，并顺便讲一讲这次国家关于厂长统考工作的几个问题。

那天，江南少有的风和日丽，蓝天白云，碧水青山，我们厂里千人会堂座无虚席，更多的职工集中在各自分厂会堂收听。

会议一开始，袁宝华主任就先讲起这次厂长统考的几个情况：

第一批厂长统考，是在 1984 年 8 月 3 日至 5 日进行的。参加这批统考的有工业、商业、外贸、施工、邮电、铁路运输和交通运输七个行业的厂长（经理），共九千多人。考试成绩是，方针政策平均分为七十六分，及格率为百分之九十九；企业管理基本知识平均分为七十四分，及格率为百分之九十四。总的看来，成绩是比较好的。

对统考的认识问题。国务院领导同志去年提出考厂长以后，大家觉得这是必要的，这是促进干部学习、加强企业管理、提高经济效益的一个重要措施，也是干部制度改革的一项重要步骤。

从第一批统考实践看，考厂长确实是项重大决策，不仅能够促进干部的学习，而且推动了整个职工教育的开展；不仅是对干部制度的改革，而且也将对整个经济体制的改革产生重要的影响。

邓小平同志在中顾委的讲话也强调了这个问题，对我们有着很大的启发和教育。

考绩的问题。国务院在向全国人大六届二次会议所作的《政府工作报告》中指出，对企业厂长（经理）进行考试，是完全正确的。

有的同志说"不要一卷定终身"，这句话是对的。对企业厂长（经理）进行国家统考，一方面要对他们具有的方针政策和管理基本知识水平进行考试，另一方面还应该对他们的组织指挥能力和工作成绩进行考察，两者不能偏废。

当然，考绩主要由组织（干部）部门进行。这项工作刚刚开始，而且发展也不平衡，矛盾还未充分暴露出来，要经过一番摸索，有了经验，我们再总结推广。

这件事大家都很关心，怕一卷定终身。对一个干部应全面地考察、历史地考察，究竟怎样做，需要共同研究一个办法。

统考培训问题。对于统考培训，各地区、各部门下了很大功夫，克服了不少困难，积累了一些经验，取得了一定的成效。第一批统考前，全国办了统考培训班一百二十多个，培训应试厂长（经理）一万多名；第二批全国办了六百九十四个班，培训应试厂长（经理）二万七千多名，大家的反映是好的。

但是有一个问题值得注意，有些培训班在教学中采取"满堂灌"或填鸭式的教学方法，学员中有不少同志死记硬背以应付考试。这些做法不仅不符合干部教育的特点，更重要的是达不到统考的目的。

统考培训班应坚定不移地贯彻"解放思想，独立思考，研究问题，总结经验"的方针，这是我们第一期企业管理研究班提出来的，实践证明是适合干部教育特点的，统考培训班的教和学都应实行这个方针。辅导要采取启发式，要有针对性、有重点，帮助学员真正掌握和领会党的基本方针政策与企业管理基本知识，并在这个基础上，引导学员联系实际，总结改革和企业管理的经验，找出存在的问题，提出解决的办法，以提高他们分析问题和解决问题的能力，提高他们组织指挥的能力。

政策问题。《关于对企业经理、厂矿长进行国家统考的实施方案》

中关于政策的几条规定，大家认为很好，解决了考与不考、考好考坏一个样的问题，进一步调动了厂长（经理）学习和参加考试的积极性。

这里有个问题需要说明一下。对于《通知》（《国务院办公厅转发国家经委等单位关于第一批企业经理、厂长国家统考情况的报告的通知》）中关于"两科考试成绩均及格，实际工作又有成绩的，虽然没有大专学历，也可以继续留在领导班子内"的规定，应试的厂长（经理）非常赞成，但有些同志有不同意见。按照中央关于大中型骨干企业领导班子建设问题的指示，在大中型骨干企业厂长（经理）这一层里面，恐怕有百分之四十左右要调整。

如按《通知》规定那么办，调整可能就有阻力了："我已经考试合格了，你还调整我呀！"所以，在考委会第三次全体会议上讨论了这个问题。

大家认为，三千多个大中型骨干企业领导班子的调整，仍按全国企业领导班子建设工作座谈会的精神执行，厂长考试成绩作为在调整班子时考虑留退的因素之一；双科考试及格又有组织指挥能力的，在同等条件下优先任用。

这个问题写进了会议纪要，就按会议纪要办。至于其他中小型企业，问题不大，可以按照《通知》规定办。

有些地区反映目前企业领导班子的确定，有委任制、组阁制、选举制、聘任制四种形式。第一批统考结束后，有些考试及格的厂长也被撤掉了。在厂长"组阁"时，把双科考试及格的厂长也组到阁外去了，他们希望国家在这些方面有个规定：考试及格了，就不会被撤掉，或者说一定会被组到阁里去。

我看不能这么规定，因为进领导班子还有其他的条件。我们考虑可规定这样一条，就是今后在委任、选举、聘任厂长（经理）及厂长组阁时，都必须把统考成绩及格作为条件之一来考虑。在厂长负责制的试点中，不光是厂长组阁，而且是层层组阁，科室也组阁，甚至车间也组阁，班组长也挑选工人。这一条我们要以改革的精神来对待。我们的意见是把厂长考试成绩作为重要的因素之一来考虑。

加强领导问题。加强对统考工作的领导，是保证统考工作顺利进行的重要条件。统考工作从摸底测验到现在已经整整一年了。这项工作能够正常进行，取得一定成绩，是与省、自治区、直辖市人民政府、国家经委和国务院有关部门负责同志的重视和加强领导分不开的。今后还希望进一步加强领导：

首先，要把1985年、1986年统考规划搞好。要落实到人头，要对应试厂长（经理）的工作进行统筹安排，保证他们按期参加培训和统考。

其次，要做好思想政治工作。在统考问题上，还有各式各样的认识。统考实施方案规定，大型企业厂长（经理）超过五十五岁就免考了，中小型企业厂长（经理）超过五十岁也不用考了。

有些同志就想，我四十八九岁了，或五十三四岁了，这一批不考，下一批就可免考了。现在有一批技术干部、工程师担任了厂长或副厂长，他们对党的方针政策、对企业管理基本知识不甚了解，工作感到很困难，本来应采取积极态度努力学习，其中有些同志却采取了消极态度，说什么当厂长还要考试，我不干这个厂长了，还是回去当工程师。诸如此类的思想问题不少。这都需要我们加强思想政治工作，及时给予解决。

再次，要建立统考工作的办事机构，充实统考工作的力量。好多地方抓统考工作的人，今天干这事，明天干那事，不能从头到尾把一件事完整地处理好。做统考工作，没有一些有统筹能力的干部将会困难重重。

总而言之，统考厂长是一件大事，这对提高企业厂长素质，进行企业改革，增强企业活力，是个关键。说来说去还是一个人才问题。统考工作，第一要坚持按计划进行，第二要坚持高标准严要求，第三要坚持抓住重点，推动干部学习。

……

这时，作为主持人的黄书记，马上插话说：

"告诉大家一个好消息：我这里刚刚收到一个更正通知，根据全国厂长统考委员会的通知，我厂厂长参加这次统考成绩为'特优'。之前公布分数有误，以此为准。"

黄书记半路上的插话，既令人兴奋又令人惊叹。黄书记仍按捺不住自己内心的激动与感慨："这就是说我们厂长，是这次全国厂长统考中的佼佼者，是全国仅有的十五人之一。下面让我们以最热烈的掌声向厂长表示最热烈的祝贺！"

在职工如雷般的掌声中，我腾地从主席台的位子上站了起来，没有吭声，而是向职工低头深深地鞠了一躬——

我之所以要鞠躬行礼，一方面是出于对正在做报告的上级领导的尊重，另一方面不想让职工看到自己眼中的热泪。

现在我无法想象，因为考分问题，在这短短的一个月内，一会儿将我打入冷宫，一会儿又将我拉进天堂……

这事我无论如何都要感激党委黄书记，如果没有他的点拨，可能这事将完全走向反面，堕入到另一个可怕的深渊……

这晚，我睡得特别香，梦中遇见许多好事，最开心的是梦中遇到一个自己心仪的美女——

那是一个大雪纷飞的日子，我走在厂区桃花园中，光秃秃的枝头被雪花包裹着，只有在一截截的芽头处，隐隐约约可见到吐露的花苞，那种如少女肤色的红蕾，会把男人的激情挑逗起来。

盘根错节的桃花树枝，时不时会勾住我的肩膀，仿佛是美女的纤纤玉手，与我勾肩搭背，那种幸福就像桃花朵朵开。低头可见企业的千亩泥塘，除了四通八达的铁轨外，都是野蛮生长的青青绿草。

我不知道，桃花是否真的有情有义，为什么要选择在春雪飘零之际，给我淡淡的思念、淡淡的情愫。

如果桃花真的有情，莫非她就应该像寒冬腊月的红梅花儿，用她淡淡的清香，用她浓浓的娇艳，为我这个早春孤单和情愁之人壮行。

雪花一片一片飘落着，带着我的梦，走进我们企业最茂盛的桃园深处……

可待我惊醒时，厂里高音喇叭正在播放生产调度中心的紧急通知：

全厂职工同志们：

八号台风已从沿海登陆，一场百年不遇的台风暴雨大潮，将从正面袭击本地。请广大职工听到通知，马上集中到半成品分厂，做好露天场地的护坯工作，以将企业损失降到最低。

那时天气预报很混账，很难提前预报。这不，深更半夜生产部门还要发通知。现在紧急通知打断了我久违的桃花美梦，我揉了揉眼睛，一骨碌从床上跳起来。没有想到企业产品质量处理不到一个月，现在又遭遇八号台风正面突袭。

说实话，知识青年上山下乡时，我们经历了农业靠天吃饭，听天由命的苦焦日子。如今做企业如果还要靠天吃饭，一定是让人笑掉大牙吧！

我们企业有四分之一的产品是砖瓦，它与乡镇企业生产不一样，完全是机械化全自动的。

在我们企业，最好的原料是黏土，通过铁轨架设到取泥点，然后按路面自然坡度，分级设立卷扬机，翻斗车自动将原料直接送到半成品车间，然后直接进隧道窑烘干，接着直接入炉窑焙烧为成品。

在整个生产流水线上，企业为了降低成本，又会将部分半成品，放在露天的场地自然晾干。遇见风雨，必须对半成品进行护坯，如果半成品被大风吹塌、被雨水冲淋，产品的成品率将无法保障。这无疑涉及靠天吃饭的问题。

我这里为什么要将企业状况做一交代，就是想从另一个角度来向人们敲响警钟。

夜黑如墨，大雨倾盆。住在厂区的职工听到广播，灾情就是命令，时间就是生命，大家不约而同冲向半成品场地，用遮雨篷将一条条露天的砖瓦坯盖上，又在周边覆上草帘子。为了防止台风掀掉雨篷，还在上面加石块压顶，用绳子牵引住。

不错，灾难可以将人打倒，也可以激发出人的昂扬斗志和力量。现在每个职工浑身上下，早已被雨浇灌成落汤鸡，但大家忠于职守，忘我工作，展示了优秀建材人的风采。

而在暴雨来临的前几天，厂办美女谢秘书一直感冒发烧，在厂医院挂水，听到广播后她竟毅然拔掉针头，冲向暴风骤雨中。

她没有豪言壮语，也没有惊天动地的壮举，她只是把所做的事情都看成一个职工分内的责任，并把这种力量传递到了每一个和她并肩作战的员工身上。

当然，风雨无情。谢秘书虚弱的身体已经无法招架住自然灾害的摧残，她的头一阵晕眩，竟然不知不觉倒在一个排水渠中。

当我听到有人落水的"扑通"声时，我三步并作两步冲过去，从水中捞起落水者，这时我才知道是谢秘书，见她已经奄奄一息，我赶紧对她进行人工呼吸。待她一口气缓过来后，又派人将她急送厂医院。

事后有人笑我是英雄救美人，可我想得很简单，无论是谁，我都有去救人的责任。

这夜，全体职工抗台抢险，度过了一个无眠之夜。

谁也没有想到，这一夜，百年不遇的特大暴雨袭击了我们企业，幸亏职工们众志成城，日夜奋战，抢险救灾，才将企业的砖瓦半成品损失降到最低程度。

企业遭遇暴风雨袭击，但建材工人战天斗地的壮举令我感动不已。第二天，我在日记上写下这样几句诗——

> 走在厂子的田埂上，
> 我要放声歌唱，
> 暴风雨来临的山冈，
> 天空是被洗礼过的蓝天白云……

此时此刻，我感悟颇多。田野之中、大山之间、草原之内、碧波之上，祖祖辈辈歌哭于斯、生老于斯，把心灵和种子一起埋进地里，经历了千百年播种与收获的轮回。这是人的力量，也是大地和天空的力量。

也许在这高天厚土之间，广袤大地之上，就应该是亿万中国工人记忆开始的地方，有着超越个人的情感，孕育着现代中国无法割舍的精神，因为企业本来就不应该只有厂荒，它终将抵达诗和远方。

第六章　代价

一场暴风雨，由于全厂职工风雨同舟，对企业确实没有造成什么灾难性影响，但对我个人来说，不知何故，却把我无情卷入比灾难还要可怕的桃色新闻的旋涡中。

因为那天晚上我救了女秘书，人们背后的议论满天飞。

有的说我："利用风高月黑调戏妇女，造成对方跳水自杀未遂。"

还有的说我："在抢救中乘人之危，还偷鸡摸狗亲吻美女。"

更有的传我："打着厂长的旗号，干的是偷香窃玉的勾当。"

这真是，人嘴两张皮，咋说咋有理，令我跳进黄河也洗不清。

不知为什么，在那个年代，碰到这等事儿，民间小道消息私下传得特别快。一传十，十传百，以几何级数倍增传播，而且说得是有鼻子有眼，弄得你死无葬身之地。

面对不知从什么地方传出的流言蜚语，党委副书记王广舟更有自己的研判：

"群众是真正的英雄，要相信群众相信党。"

而私底下，他又对着他的狐朋狗友说：

"千万不要以为这是小道消息，没有影子谁会嚼舌头？要知道我们砖瓦产品离不开窑炉，说咱们是造'谣'工厂，本来就没有错嘛，哈哈！"

一阵奸笑声后，王广舟的话像一个幽灵，在厂区天空爆炸游荡，这时无论是谁，碰上都得倒霉……

不错，作为分管全厂治安保卫工作的副书记，当然不会对此事就此罢休，不管是谁，他都要一抓到底，弄个水落石出。

用王广舟的话说，既要对厂长有个交代，也要对职工有个说法。

也许是王广舟擅长投机，所以干起这种事来他是轻车熟路，常常是两头讨好，不会遭人反对。就这样，厂里责成他立刻组织一个调查组，尽快对此事彻查。

这天，保卫处要找厂办谢秘书做笔录，王广舟抢先提出来：

"为了打消她的顾虑，得先做一下她的思想工作。"

据说，做工作那天，厂办谢秘书开始是哭哭啼啼说：

"这谣言太可恶了，请组织要关心一下，不然我这个弱女子无法面对世人！"

对此，王广舟一笑："今天我先从个人角度，作为同志，作为同事，也作为朋友，大家先交个心。"

谢秘书擦了一下眼泪，对王广舟的话表示赞同：

"好！"

这时，王广舟马上海阔天空地感叹说：

"厂长这人既有才又帅，用古人的话说就是颜如宋玉，貌比潘安，才比子健，风流倜傥，英俊潇洒，玉树临风。想必应该是谢秘书心中的白马王子吧？"

在领导面前，谢秘书也没有了那么多羞涩，就实话实说："何止是白马王子，老实说，一直暗恋着。"

"呵，这样的？我看你们是郎才女貌，天生一对！"王广舟顺水推舟地讲了投其所好的话，这无疑正中谢秘书下怀。

但谢秘书有自己的考量，还是一声叹息："可惜我高攀不上！"

王广舟马上给谢秘书打气，一本正经地说："这我可要批评你了。高攀不上，那你争取过吗？"

紧接着又说："你向厂长表白过吗？"

谢秘书先摇头，接着还是摇头。

"那好，现在给你一个机会，如果今天你请我出山，我愿做你们的媒人。"

"呵！"谢秘书没有想到因祸得福，立刻破涕为笑，自然也十分感激。

其实，王广舟用的是激将法，没想到一下将谢秘书的心抓住了。他马上得寸进尺地说："看来这个喜糖，一定要吃。只不过——"

他欲言又止的样子，将谢秘书的胃口一下吊得很高。

这时，王广舟觉得应该是到了瓜熟蒂落的时候，这才俯到谢秘书耳边嘀咕起来。

女秘书听得脸色一会儿发青一会儿发红，直到他们分手时，王广舟仍不忘叮嘱道：

"这是一个千载难逢的机会，应该主动抓住机会，乘势而上。"

正因为有了王广舟的这次"炉边谈话"，后来，保卫部门找谢秘书做笔录时据说十分顺畅，她主动交代了：是厂长利用天黑，从背后一把抱住她，她是在挣扎中不小心落水的……

得知谢秘书的口供，有人开始骂厂长：

"连畜生都知道，兔子不吃窝边草，你懂吗？"

"近水楼台先得月，你懂的！"

……

老实说，谁也没有想到，这事经王广舟这么一搅和，最终落得这样的结局，完全出乎人们所料。

是啊，本来这是一个英雄救美的故事，现在完全走向了事情的反面。

难道女秘书是想利用这件事，让生米煮成熟饭？还是与王广舟另有约定和图谋？

看来这件事谁都心里无底，只有王广舟、谢秘书天知地知他知。

就在我百思不得其解之时，厂医院的一位年轻医生跑到保卫处，主动自首，并积极交代了自己的问题：

"那天晚上是我在医院值班，当谢秘书拔掉吊针，冲向大雨如注的夜幕中时，我出于一个医生的本能追上去。因为她毕竟高烧四十多度，凉雨一浇，可能会对她的生命带来威胁。"

对此，保卫处的人同情地说："这可以理解呀！"

"不，问题出在后面。"年轻医生连忙解释。

那天，医生喝多了酒，也许是酒壮人胆这才鬼迷心窍。现在在保卫干部面前，他已经紧张得连说话也结巴起来：

"当时我追着她的身影往前跑，雨水早已浇湿了她的衣裳，那飘逸的秀发，玲珑有致的身材，那湿衣难以裹住的丰满的胸部，那微微上翘的肥臀……把女人最美的曲线，全都勾勒出来了。"

年轻医生尽可能把细节交代得十分清楚："后来我一下冲动起来，从背后一把抱住她。就在我想亲吻她时，她从我怀里拼命挣脱出去，逃跑时不幸跌落到水沟中……"

那位年轻厂医自以为说得活灵活现，特别是说到美女时他竟然两眼都会放光，之后他嘴里一直自言自语：

"看到这么苗条、丰乳肥臀的美女，哪个男人不会想入非非？其实这是正常的心理，但大多数人……"

……

一个年轻医生来主动交代，真是半路杀出个程咬金，而我仿佛是在茫茫大海上，抓到了一根救命稻草，很快就从绯闻中被拯救了出来。

而这时美女谢秘书反倒遭了大殃，倒了大霉，企业的每个职工都戳着她的后背骂道：

"骚货，被人睡了还不知道是谁！"

王广舟得知这一情况，想不到眼睛一眨老母鸡变成鸭，就拍着桌子骂保卫干部："谁让你们接受那个臭医生交代的？真是一颗老鼠屎，坏了一锅粥！"

保卫处的同志被莫名其妙臭骂了一顿后，抓头挠耳的王广舟突然想到一个办法："你们可否认定他是疯子？一个神经病的话是不可信的。"

"那我们马上找一家医疗机构，给他做一个鉴定证明。"保卫处的人马上大献殷勤。

"好！"

"最后交给'严打办'！"王广舟说这句话的时候，特别咬牙切齿。

只见王副书记还残忍地做了一个杀头动作。大家不要以为他这是开玩笑，在那个草菅人命的年代，一个相当于厅局级领导的王广舟只要吭一声，那可是君要臣死，不得不死；父要子亡，不得不亡呀。

话说到这里，人们也许要问，这位年轻的医生为什么敢走出这一步？人在做，天在看，他这个时候跳出来，到底出于什么目的？可能他轻视或小看了这件事。此时他想到的更多的是"坦白从宽，抗拒从严"。如果说因此要杀他的头，估计不是他疯了，而是你疯了。

事实上，在当时从严从紧从快的"严打"运动中，面对这种男女之间说不清道不明的事，常会以强奸罪论处，在"可杀可不杀的，坚决杀"的年代，这名厂医轻则死缓，重则死刑。

所以，王广舟说这话的时候，不是乱说，更不是吓唬，因为他心里早就有底了。当我得知这件事后，按我个人的初步判断，现在很明显，年轻医生是为了保护我，才跳出来的，但他没有想到"严打"斗争，是要以生命和鲜血作为代价的。

再细细推敲，表面上看，我可以虎口脱险。而实际上，我仍是跳进黄河也洗不清，因为我对她进行了口对口的人工呼吸，那就是"犯罪"！

不错，在那个翻手为云覆手为雨的年代，人家往好的方向说，你这是救死扶伤；人家往坏的方向说，你这就是趁火打劫。但许多人都愿意看你笑话，没事也要折腾点事情来，让你吃不了兜着走。

量小非君子，无毒不丈夫！应该约请一下王广舟。

"你们不要把事情搞复杂化了，谢秘书的口供都是事实，我们已是恋人关系了。现在请你将厂医立即释放！"

在那个时代，有时不说假话往往难以办大事。王广舟听到这里发出了一阵奸笑：

"说明谢秘书有眼光，祝福你们！但这位厂医胆大包天，弄虚作假，冒名顶替，厂里不能容忍这样的人。"

我见王广舟那副铁面无私的样子，俨然是一位企业中的包公。

想到这里，我眼泪都快出来了，这不是人家挖坑，非得逼我往下跳。反过来，人家都推得干干净净，还要把我当猴耍……这是什么世道呀！

再想想当厂长以来，遇见的几件事，几乎背后隐隐约约都有王广舟的影子。俗话说：好汉不吃眼前亏。面对眼前这个老奸巨猾的家伙，我自知自己目前还不是他的对手，如果非要鸡蛋碰石头的话，估计最终只会鸡飞蛋打，甚至落得头破血流的下场。

所以，我急忙寻找办法，企盼尽快渡过眼前出现的这一难关，然后再寻找下一步的出路……

第二天一大早，我马上跑到办公室，等到党委黄书记来到办公室时，我赶紧向他做了报告：

"这两天我想抓一下企业劳动纪律。"

黄书记实话实说："你知道什么是劳动纪律？"

我笑道："又要进行厂长统考呢？！谁不知道，纪律就是规则，是指要求人们遵守业已确定了的秩序、执行命令和履行自己职责的一种行为规范，是用来约束人们行为的规章、制度和守则的总称。"

"太斯文了！用我们军人的话说就是——没有规矩，不成方圆！"

黄书记到底是老军人，对纪律的理解有他自己的见地。

我非常认同黄书记简洁明了的话，又重复了一遍他的话：

"没有规矩，不成方圆！"

黄书记向我连连点头："这事抓得越早，越有利于企业发展。"

得到书记的尚方宝剑之后，我马上组建了全厂劳动纪律整顿领导小组，在总厂大门口、各分厂门前，设置了劳动纪律检查点。

如此突如其来的劳动纪律整顿，多数员工还是配合检查的，迟到、早退，甚至旷工，被查到自认倒霉。

但也发现少数员工不满："我们工人阶级，怎么就没有自己生存的自由？"

还发现个别员工不理解："我们是来上班的，你以为是来坐牢的，干什么事都要报告？"

甚至还发现殴打劳动纪律检查人员的。

这样，通过几天的突击检查发现，生产流水线上的员工，可能因为一个萝卜一个坑，劳动纪律普遍较好。而机关后勤非流水线上的员工，或许自由散漫习惯了，劳动纪律普遍较差。

尤其是最后一天抽查时，还爆出了一个冷门——党委副书记王广舟竟然迟到了一小时二十分，也是这次劳动纪律抽查活动中发现的违反劳动纪律级别最高的领导。我见到他时，他嘴里还充满一股酒气，估计是昨晚喝高了，与检查人员发生了口角：

"谁叫你们检查的？"

"我们的厂长！"

"你知道我是谁嘛？"

"我们的职工！"

"我做错了什么啊？"

"违反了企业的劳动纪律！"

这时王广舟早已火冒三丈，冲上去给那个矮个子职工"啪啪"就是两个巴掌。

"你小子有眼不识泰山，这就是老子给你的最好回答！"

当我赶到现场时，双方已经争吵到了白热化阶段，那小个子职工不知从哪里找到一把菜刀，追过来要砍王广舟。说时迟那时快，我冲过去一个擒拿动作，夺下了他手上的菜刀。

但王广舟冲着我大怒起来："都是你干的好事。弄了一批地痞流氓，还要拿刀追逐杀人！"

我忙向王广舟打招呼："对不起书记，没有想到检查人员行为过于偏激。"

这下王广舟更是得理不饶人："你怎么没有想到呢？有现成的

保卫处、劳资处的部门人员，你为什么不用他们，是不是因为是我分管他们的？"

我见王广舟的话带着一股杀气，赶紧走过去解释："我没有想得这么复杂。我的做法目的十分简单，就是让职工参与执法，更有利于他们自己教育自己！"

"屁话！"

已经暴跳如雷的王广舟用手指着我的鼻子破口大骂："你知道，我为争取企业产品销售市场，昨晚差点被人家的酒灌死。今天你还派人找我的茬子！"

不知王广舟的话是真是假，但只要说是为企业卖命的，我宁可信其有，不可信其无。

这时王广舟的形象一下在我的面前高大起来，我连忙向他鞠躬赔不是："对不起，对不起！"

王广舟一下得意起来，觉得我已经将他刚才丢失的面子，捡了一些回来，甚至还赚了一把，所以他就闭嘴不再啰唆了。这时只见他头也不回地离开现场，后面还有职工起哄，甚至还有人莫名其妙拍手鼓掌。

对此，我没有多吭声，因为我对事的态度更多的是善良、包容和真诚，使得整个生命里都充满着阳光。这样，在工作中无论遇到什么矛盾或什么困难，都会在自己博大的胸怀中释然。

可能我更喜欢"以柔治厂"。通常凡事先想别人的感受，让别人也感到温暖。而这个时候我关心别人，别人也就会想着我，最终我得到的会比我付出的还要多。

当然我还知道，今天如果我不这样处理，我会落得什么样的下场已不重要，重要的是我的员工一定会被王广舟叫来警察带走，到那时将是凶多吉少了。根据我几次与王广舟的交锋，到那时他绝不会轻易罢休的。

所以我走到矮个子职工面前，一语双关：

"记住冲动是魔鬼，今后可别对领导没大没小的！"

……

现在回过头来说，作为一个企业，在劳动纪律方面究竟应该怎么做？考虑当时社会刚从"文革"走出来，一切都在恢复中。记得毛泽东他老人家早就教导过我们："加强纪律性，革命无不胜。"我结合当时企业情况，马上制定了十三条规章，包括"不准迟到早退""不准随地大小便""不准在工作时间喝酒""车间内不准吸烟"和"不准顺手牵羊拿企业物资"等。

这些现在听起来，有点让人啼笑皆非，当时真的没人把它放在眼里。一边是部分企业职工"人人都觉得自己能干，却什么都不干"；一边是部分职工"八点报到上班，九点跑路走人，十点钟随便扔一颗手榴弹，都炸不到一个人"。

在企业劳动纪律专题会上，我声嘶力竭地声明：任何一个社会、一个国家、一个政党、一个军队都有维护自己利益的纪律，古今中外，概莫能外。一个工厂如果没有劳动纪律，工人们各行其是，这个工厂就会乱糟糟，生产就会陷于瘫痪。一个城市如果没有交通纪律，居民在街上随心所欲，你骑自行车乱闯红灯，我驾汽车横冲直撞，他步行随意穿越马路，那么这个城市的交通状况必然是一片混乱……

我还告诉职工，凡是纪律，都具有必须服从的约束力。任何无视或违反纪律的行为，都要根据性质和情节受到程度不同的批评教育甚至处分，也就是说，纪律是严肃的，它带有一定的强制性。同时，纪律又需要自觉遵守。

不瞒大家说，由于国营企业积弊已深，企业普遍缺乏激励机制，管理不善、人浮于事等现象根深蒂固，又纵容了企业劳动纪律松散。

现在是劳动纪律抽查过了，"十三条不准"出台了，专题会议也开过了，大家都以为这最多是说说而已。所以，几天过去，少数职工仍是老方一帖。

这次，遇见一个棘手的问题：员工朱稳根是我们一家分厂仓库的保管员，负责分厂生产的钢门窗成品统一管理发货。平时老朱有一个不好的习惯——喜欢喝酒，酒后贪睡。因为这个，仓库成品多次错发，好在其他保管员及时发现，方才躲过损失。

分厂为此曾多次口头警告老朱，老朱也多次向厂部做过书面检讨，并暗下决心不再当班喝酒。

但这天晚上，轮到老朱当班值守仓库。当天，恰逢老朱的小孙子出生，一时兴起，老朱不自觉又多喝了两杯，可是刚喝酒就出事了。

可能是越怕鬼就越有鬼。当晚老朱在酒精的催化下酣睡至深。第二天一早，老朱发现仓库大门洞开，大量建材被盗，老朱后悔不已。

事实很清楚，厂部认为老朱违反企业规定，上班喝酒，玩忽职守，给分厂造成了重大损失，按企业劳动规章制度应当开除。有人认为，规章制度是企业制定的，又不是国家规定的，怎么说开除就开除呢？

关于这事，我当然据理力争，企业规章制度是指用人单位根据法律、法规制定的，在本单位实行的纪律规则，对企业的全体成员均有约束力。对于违反规章制度的员工，企业有权进行处理，严重违反的，完全可以解除招工合约。

这事一发生，王广舟副书记马上上门来找我，说："老朱是我的舅姥爷，请手下留情！"

我心里一喜，暗想你王广舟也有今天。但作为一厂之长，我必须公正办事，绝不公报私仇。所以，我一开始就向王广舟打招呼："希望你支持我这个新厂长的工作。"同时我严肃指出："正因为老朱是你的亲戚，我们更应严肃处理，这样才有利于你王书记的威信提高。"

这时王广舟试探我："怎么处理？"我斩钉截铁地说："立即将朱稳根开除出厂，以此杀一儆百。"

此举一出，一方面让全厂职工看到厂长是在动真格，一方面又让王广舟知道新厂长不是好欺负的，我的个人威信与日俱增。

哈哈，真可谓一箭多雕，杀鸡给猴看。

紧接着，我又在全厂上下引进了工资与工作量挂钩的绩效制度，做到彻底打破铁饭碗——干好干坏不一样。

试行了两个月，干得好的员工可以拿到基本工资的两倍；干得不好的员工，连基本工资的一半也拿不到。两个月时间，顿时造成二分之一的职工申请调岗位或调离企业。

这事又让党委副书记王广舟找到了"漏洞"，这次他不客气了："我们的企业再这么玩下去，职工都走光了，我们的国营企业也会彻底垮台！"

我极力争辩说，这个社会谁都向往自由，但纪律又是以约束和服从为前提的，有些职工对此产生了误解，以为遵守纪律和个人自由是对立的，要遵守纪律就没有个人自由，要个人自由就不该有纪律的约束。

其实，从表面上看，二者好像是不相容的，实际上却是分不开的。遵守纪律，才能使人们获得真正的自由；不遵守纪律，人们就会失去真正的自由。

"你懂吗？"

"我怎么不懂呢！"

"你懂个屁！我们共产党夺得江山，就是为人民争取自由。可你现在反倒要剥夺他们的自由。"王广舟这话说得有些狠。

"请别忘记列宁说过，任何一个新的社会制度都要求人与人之间有新的关系、新的纪律。"我和王广舟针锋相对、寸步不让。

"我们虽然是老企业，但由于企业管理长期缺乏台账，工资与工作量挂钩的绩效制度可能测算有偏差，但绩效制度的大方向还是对的。"我极力解释说。

王副书记也不是吃素的，至少对绩效考核的一些基本原理还弄得比较清楚："千万别用资本主义剥削手段，来算计无产阶级的工人同胞。"

王广舟如此上纲上线，让我有点下不了台，忙说："搞经济，千万别用政治去套。"

此时，王广舟当然得理不饶人，说道："你胡说八道！我们搞的不就是政治经济学吗？"

听到这里，我知道了，王广舟是有备而来，我不想与他过多争论，以免言多必失，或者纯粹消耗时间。这时，他见我没声音了，更加猖狂："我告诉你，职工的铁饭碗是社会主义制度优越性的充分体现，你用所谓的绩效工资来敲掉职工饭碗，分明是长资本主义的志气，灭社会主义的威风！"

听到王副书记如此"高调"的话语，我一下子僵在那里。出乎我意料的是，一场极为平常的企业制度改革，怎么就变成了两个阶级、两条路线，一个势不两立的敌我矛盾之间的争斗呢？

那时刚好举国上下反对精神污染，这事马上又被王副书记拿来与当时全国上下的"清除精神污染"行动挂上钩，这是"十年动乱"之后正式开展的第一场"大批判运动"。

也许枪打出头鸟，我很快被王广舟责令停职检查，让我在全厂职工大会上公开做检讨，接着他组织了一批人批斗我。与"文革"的做法相比，是有过之而无不及。

那几天，我几乎天天下到各分厂轮流接受批判。我这个"文革"时期的"红小兵"，饱经了酷似"文革"批斗的皮肉之苦。庆幸的是，这场全国"清除精神污染"行动只维持了二十七天，估计不得人心也就草草收场了。

那段时间黄书记刚好离厂两个月，参加了国营大中型企业党委书记全国轮训班，回厂那天他才知道我遭到批斗，他对我说了这样一句话："天变不足畏，祖宗不足法，人言不足恤。"这是改革者必备的勇气和姿态，但在当前人情重于法理的社会，我们还能一往无前吗？激进式改革者，谁不是以悲剧收场！

当然，我相信鲁迅说的一句话："自由固不是钱所能买到的，但能够为钱而卖掉。"

但我更相信，挣断线的风筝不仅不会得到自由，反而会一头栽向大地，引发更大的企业荒……这事又让我坐立不安起来。

第七章　曲水流觞

周日的早晨，厂区在朝霞中绽放出难得的笑脸，宽广的泥塘，纵横交错的铁轨，似阳光闪耀着的轨迹，承载着无数运泥翻斗车，又似一个个整装待发的战士，时刻准备着冲锋陷阵。

只有隧道窑二十四小时不断的炉火，以及那几只大烟囱如不停挥动的画笔，充满一种血性与阳刚。这不但是这个厂子，更是这座城市引以为豪的标志性建筑。

其实，机器轰鸣，车辆穿梭，烟囱吐雾，正是那个时期中国工业化梦寐以求的场景。

遗憾的是，那时中国建材企业重工岗位多，男多女少，许多大龄男青年找不到对象，而我这个单身厂长一上台，人们又给这个厂子起了一个名字——"和尚厂"。

一个厂子"和尚"多了，企业发展肯定有缺陷，有可能会影响员工工作的积极性，就像之前出现的许多男女问题，甚至还有可能造成企业的不和谐，影响企业对内对外形象。

"和尚厂长"这一不雅之称，已成为我调动职工积极性、提高企业效益的一块软肋，更似一座压在我身上的大山，不知什么时候能翻身。

为此，我多次找厂团委，要求他们牵头策划，与相邻的省棉纺织厂进行一次联欢活动，因为纺织厂是清一色的女工，相对我们"和尚厂"，叫它"尼姑厂"一点也不过分。

这不，今天我厂万人露天大操场上，张灯结彩，红旗招展，由共青团委牵头的省建材总厂与省棉纺织厂青年大联欢，刚刚正式拉开序幕。

台上主持人是谢秘书，几句话后，她就把我推到台前。盛情难却，我以主办方一厂之长名义，先客套了几句，接着从秦砖汉瓦的光荣，到吃苦耐劳的员工，再到聪明帅气的小伙子，倒逼自己成了企业男神，用现在时髦的话来讲，叫企业形象大使。

最后说到煽情之处，我竟向纺织女工们作出承诺："只要是建材小伙与纺织女工联姻的，本厂长向大家承诺，砸锅卖铁也要优先解决你们的婚房。"

那时候职工住房分配可是天下最难解决的大事，某种程度上说，找住房比找对象还难。这时我的话音未落，台下响起了雷鸣般的掌声，应该说这是肺腑之声。

接着有人高呼："厂长万岁！厂长万岁！厂长万万岁！"

后面众人也跟着呼喊，这时整个操场上口号声此起彼伏，每一个青年都精神昂扬，那场面真的十分震撼。

我的讲话结束后，建材厂出三千名男青年，与纺织厂的三千名女青年，在《我和我的祖国》的美妙旋律声中，跳起了盛况空前的交谊舞，一下把整个联欢活动推向高潮。应该说，这也是当时震撼全国的企业联谊活动。

人们可能会问，为什么要跳交谊舞呢？

确切地说，那个时代缺乏交流平台，企业工会和团组织不仅组织舞会还负责教跳舞。他们的另一个目的，说白了，就是为青年男女创造一个婚恋的平台。

所以，这时男女青工比较推崇交谊舞，但交谊舞又因"文革"被禁得太久，人们刚开始跳时，常常会显得缩手缩脚。

此刻，我沉浸在《我和我的祖国》的旋律之中，由于舞曲采用了抒情和激情相结合的曲调，将优美动人的旋律和朴实真挚的歌词巧妙结合起来，表达了人们对祖国衷心的依恋和真诚的祝福。

曲调一响起，只见谢秘书抢先跑到我面前，邀我跳舞。

我紧张得满脸通红地说："对不起，我不会跳舞。"

应该说平时我还是非常喜欢听音乐的，但当时我对跳交谊舞不仅没好感，反而还有点抵触。

因为我在过去电影中见到的，比如《英雄虎胆》，会跳舞的都是坏人，好人是不会去跳舞的。但现在这样的场面，火已经被我煽起来了，自己又想回避活动，显然会被人小看。

谢秘书鼓励我说："只要会走路，就会跳舞。"

我连连说："不——不——不。"

谢美女想我们都是恋人了，哪会轻易放过我，就半推半拽把我推到广场中央。考虑今天是青年男女的特别日子，重在参与吧，我也就不好再推托了。

就这样，我大着胆子跟着谢秘书学起"两步舞"。没想到跳舞很简单，走了几步就找到了感觉。

这时谢秘书如释重负，朝我笑道：

"怎么样，跳舞就这么简单吧？"

我似答非答应付着："呵呵！"

我之所以不想和谢秘书跳舞，还有另一个原因，上次"雨夜救人"的闹剧阴影还笼罩着，那就按照俗语"惹不起躲得起"做吧！

谢秘书边跳舞边与我套近乎，似乎在与我寻找一些双方感兴趣的话题：

"有学者说，当两个舞伴一起跳舞的时候，彼此成为关注的对象，这时，可以了解对方健壮不健壮、节奏感强不强、是不是关心你、有没有修养。这是男女之间可以细腻接触的机会。"

我愣着没有听见。她见我没有反应，就关心地问道：

"听到了吗？"

我装着受场地过于吵闹的影响，板着脸问：

"说什么？"

谢秘书嗓门放大说："如今的年轻人不青睐交谊舞，这也意味着失去了一种男女青年之间自然、自由接触认识择偶的机会。"

我仍装作没有听见，谢秘书还是滔滔不绝地说，我知道她是为了取悦我。

她见我不爱搭理，马上换了一个话题说，要给我讲一个真实的故事。我想你讲就是的嘛，又没人不让你讲。她见我没有反对，兴致上来了。

只见她眉飞色舞地说起来：

"为了筹备这次活动，团组织请来老师上课，班班爆满，那些学舞者的痴迷劲儿，令人难忘。有一次老师来到建材机械分厂教跳舞，有四五百号人参加，还请了一大帮学生当助教，上了一个多月的课。"

谢秘书得意忘形，要我猜测后来怎么样，我当然猜不出，她笑道：

"后来分厂党委书记跟我们打招呼，说舞蹈老师的课，是不是可以停一停，因为分厂许多工程技术人员都不肯出差了，说一定要等舞学完了才去。"

本想不理睬谢秘书，现在还是被她的故事吸引了，终于情不自禁回了一句：

"只要跳舞能解决大龄青年的后顾之忧，暂时影响一下工作——值得！"

"是啊，这是厂长教导我们的？"

谢秘书终于听到我说话，开心地喊了起来。

我也"呵"的一声，没想到自己还是憋不住美女的"勾魂"。

当时我一想，与人过不去，千万别放在脸上，何况在一个美女面前。

我悄悄抓紧谢秘书的手，无形中向她传递了我的变化。谢秘书见我心态有了调整，把身体又慢慢向我靠过来，如果不是在大庭广众面前，或者说如果不是我故意用手挡着，估计谢秘书一定会与我跳起贴面舞来。

过了许久，她又打破彼此沉默，悄悄告诉我说：

"一个国家、一个民族，女人的价值取向，常常会决定着这个国家和民族的发展方向。女人崇拜什么，男人就追求什么。什么样的女人，造就什么样的男人；什么样的男人，造就什么样的世界！"

我一针见血地说："你这是典型的女尊男卑嘛！"

她只顾自己抿着嘴笑，我知道，她是故意和我开玩笑。应该说那个时代的中国女子十分崇拜英雄、崇拜劳模、崇拜军人、崇拜工人阶级，觉得只有这样的中国男子才会打败天下无敌手，工人阶级才会当家做主、成为领导阶级……

所以那个时代，烙上了深深的英雄主义和理想主义的印记。

一曲终了，有几位棉纺织厂的漂亮女工向我围拢过来，邀请我跳舞，这时谢秘书眼睛都红了，她紧紧地挡在我前面：

"对不起，厂长不会跳舞！"

这一刻，有谢秘书护着，姑娘们谁敢越雷池半步？

这时她又向我伸出手："还是让我慢慢教你吧。"

谢秘书的举止，气得围上来的几位美女直跺脚，我见谢秘书带着喜悦的笑脸，知道她的虚荣心终于得到了一次满足。

这时，她大着胆子往我身上贴过来，娇滴滴说了一句：

"还是我们的厂长好，谢谢您啦——"

我估计谢秘书话中有话，只是朝她微微一笑："刚才的一幕，让我想到书法圣地绍兴兰亭公园中的'曲水流觞'，酒杯中盛满酒，放在流水中漂动，酒杯漂动到谁面前，谁就得即兴赋诗并饮酒。其实，这时每个人都在岸边等着他心仪的对象。"

谢秘书听了我的话，反应十分迅速：

"所以我要挡住，别让心仪的人跑到下一站！"

"呵，哈哈！"

我们彼此都憋不住笑了起来。

眼看气氛融洽了许多，这时谢秘书好像想到什么问题，就问我："刚才你说两厂青工结婚可以优先分房，那本厂双职工呢？"

我没有注意她的表情，就脱口而出：

"那更要优先！"

这句话她最爱听，好不开心，马上追问：

"那我们是不是抓住机会，早一点确定双方的关系？"

没有想到她会顺水推舟，将话题自然转到我们的恋爱问题上，可见谢秘书十分精明能干。

我知道谢秘书借机在打我的主意，我就故意摆谱想气气她，说：

"即便本厂双职工，还得优先照顾两厂的大龄青年。"

我斜视她一眼，见她生气没吭声，就又追加了一句：

"我们的关系不是早已确定了？千万别辜负王广舟副书记对我们的厚望！"

谢秘书见我话里有话，知道我还在为"雨夜救人"的事耿耿于怀，马上歉意万分道：

"上次的事对不起啊！可能我过于想得到你，结果糊里糊涂受了人家的摆弄！"

听到这话，我咬着腮帮子，没有让在眼眶里打转的泪水滚下来，只是淡淡地一笑道：

"也许，这就叫不打不相识吧！"

谢秘书仍忧心忡忡："我们的关系谁都不许变啊。"

她向我伸出一个小拇指头："拉钩上吊，一百年不许变！"

在一阵高昂的旋律声中，我不露声色地淡淡一笑说：

"同意我们建立恋人关系。但当务之急，我们得想方设法，从监狱中救出那位厂医。"

说到厂医，谢秘书特别内疚："想不到我们的事，半路杀出这个程咬金。"

此刻，一方面我要稳住谢秘书的情绪，一方面我更加感激厂医冒死顶罪的举动，所以我还是按捺不住内心激动，说道：

"他是一个好医生。现在急需我们的大力帮助。如果我们稍有闪失，在当下'严打'的高压态势下，他很有可能不知道自己是怎么死的。"

这点我十分明白，即便现在我与谢秘书没有什么关系，我也要竭尽全力抓住机会，只有我们此时有了一个稳定的关系，也许才有我下一步争取组织包括争取王广舟，从而还厂医一个清白……

关于这一点，我吃不准谢秘书的态度，但有一点我很欣慰，今天双方都已正式明确了恋爱关系，或许对于解决厂医的问题，事情又向好的方向迈出了一步。

舞会散场的时候，王广舟不知出于什么心态赶了过来，还恬不知耻向我美言道：

"老大难，老大难，老大一管就不难！"

他开始对我说这话时，我还一下子没有转过弯来，后面马上明白了他的用意，我赶紧回答说：

"这都是团委的功劳！"

谢秘书也直言不讳："全靠厂长在后面撑台！"

王广舟冲着谢秘书，又向我做了一个鬼脸：

"你们真是天生一对，在公共场合也形影不离，当心我们要吃醋呀！"

我吃不准王广舟安的是什么心，但为了不与对方发生直接冲突，我还是尽量克制住自己的情绪，笑道：

"我和小谢的关系，全靠王副书记的鼎力相助。"

难得听到厂长的表扬，王广舟这下激动万分起来："这全靠小谢慧眼识金。"

接着他又表功似的向我说道："为了支持今天的活动，我已经让厂工会安排承办，请所有参加联谊活动的青年聚餐，以进一步增进情感交流。怎么样？"

听到如此周密的安排，我甚至不相信这是真的，又细细打量了王广舟一番后，感觉这是他与我合作以来，唯独办得令我称心如意的一件事。我马上回敬了一句，并表示感谢说：

"看来姜还是老的辣！"

他听了我不痛不痒的话，僵直地站在那里许久，方才回了一句调子定得很高的话：

"大龄青年的问题，这是全党都得关心的大事。"

难怪不久后，我厂这次全国范围内首次公开举办的交谊舞会，引发了社会的巨大轰动。我竟然也成了许多单位共青团组织争相邀请的热门人物。

这些都是后话，现在没有想到王广舟会从如此高度来看问题，我一个人站在那里傻傻直笑，但没有与他多说什么：

"王副书记你辛苦了！我还有事，先走一步。"说完这话，我就匆匆离开联欢队伍。

这时谢秘书仿佛想起了什么，一边掏口袋，一边追上我说：

"不好意思，写了一首诗，请帮我把一下关。"

我接过来"噢"的一声，冲着她笑道："这真的让我遇到了'曲水流觞'吧！"

这就像那斟满黄酒的杯子顺流而下，漂停到谁的面前谁就作诗一首。想到这里，谢秘书不好意思地低下头，只顾发笑……

今天两厂男女青年联谊活动，让我热血沸腾。回到办公室，我乘兴拜读起谢秘书的大作，这也是我第一次见到女孩写诗，可以这样激情迸发。

走在盛开田野，
谁说你仅是忧愁那朵，
不是有炉窑流淌的洪流：
火种迸发出的激情，
泥土蜕变的精美。
即便沦落街头巷尾，

你也早已化蝶——

烈火升腾起的飞天，

分明是一朵不肯散去的云，

飘落在红墙故宫！

你就是那里的秦砖汉瓦，

香溢到苏杭天堂；

你就是这个季节的金秋桂子，

在恋人心中飘香。

这首诗有一个好听的名字叫《一朵不肯散去的云》，可能我的名字有一个"云"字，无疑一下抓住了我的心——

走在你的茶马古道，

那些文人墨客、梨园艺人，

叩响千年古街砖道，

把青砖打磨出琉璃，

不知想俘虏谁的芳心。

唯有我知道，你有许多浪漫故事：

早已镌刻在那些碎片，

有多少花样年华，

有多少爱的寄语。

从你羞涩脸上，我已触摸到：

你生命气息、温柔肌肤，

还有你跳动的心律。

从你那胡同深处，

又邂逅在灯火阑珊中——

我窥见，风中有朵雨做的云！

一首多么美丽的诗！明眼人一看就知道，是以建材企业为背景的一首优雅的情诗。

谢秘书为了让我看得更明白，专门为我定制了一个说明，算是作者写作动机吧。

她是这样写的：

"在现实中，有位女子喜欢像云一样飘逸的裙子，因为经济窘迫，她只能去夜市的地摊上挑时髦的款式，但1984年谁都不敢公开穿太暴露的服装，稍不留意就会被'严打'以流氓罪抓捕。

"所以，这位女子只能在深夜，偷偷从工厂宿舍的上铺爬下来，穿过漆黑的走廊来到公共厕所，把各种各样的裙子穿在身上。黑暗中厕所的玻璃窗成了她的镜子，穿着裙子的她就在那里转啊转，转成一朵流淌的云……"

这哪里是诗作说明，分明讲的是一个爱穿裙子的姑娘的故事。读到这里，我早已被谢秘书的故事感动得热泪盈眶。

真想不到，原来谢秘书也是一个小女子，有知识女性的水平，也有大家闺秀的傲气，或者说"具有所有女人的优点，也有所有女人的缺点"，这是不是需要我重新打量或审视对她的看法？

来而不往非礼也！所以，我趁热打铁，抓紧给谢大秘书这首诗做一个点评。

怎么说呢？我想到大学上写作课时导师说的一些话——

记得福楼拜说过："写作是一种生活方式。"这话被无数当代诗人所认同，但如何使这种生活方式更好地接近文学、更好地传承文学的核心精神，则要求诗人有一种文学抱负。

在这里，"文学抱负"是秘鲁小说家略萨喜欢用的词，他在《给青年小说家的信》一书中认为："献身文学的抱负和求取名利是完全不同的。"

哎哟，在这个有太多主流价值能保证作家走向世俗成功的时代，所谓的"文学抱负"，就是一种自由、独立、创造的精神，它渴望在现有的秩序中出走，以寻找到新的写作激情。

略萨在谈及"文学抱负"时，将它同"反抗精神"一词紧密地联系在一起，他说："重要的是对现实生活的拒绝和批评应该坚决、彻底和深入，永远保持这样的行动热情——如同堂吉诃德那样挺起长矛冲向风车，即用敏锐和短暂的虚构天地，通过幻想的方式来代替这个经过生活体验的具体和客观的世界。"

"但是，尽管这样的行动是幻想性质的，是通过主观、想象、非历史的方式进行的，可是最终会在现实世界里，即有血有肉的人们的生活里，产生长期的精神效果。"

"关于现实生活的这种怀疑态度，即文学存在的秘密理由——也是文学抱负存在的理由，决定了文学能够给我们提供关于特定时代的唯一的证据。"

当然，真正的写作者必定不会放弃反抗和怀疑，也不会丧失自己的文学抱负，他永远是一个"孤独的个人"，唯有如此，他才能一直坚持向文学的腹地进发。

尽管在这个实利至上的时代，写作正在丧失难度，孤独正在受到嘲笑，一切的雄心和抱负也正在被证明为不合时宜，但我相信，那些内心还存着理想和抱负的写作者，并不会失去对文学的敬畏。

那么，一个诗人，如何才能完成现实与梦想之间的对接？谢秘书的诗作，是不是将我们带到人类生存的宽阔领地？或许她所理解的诗歌，并不局限于语言的实验，还应具有更完整的维度：

在这里，诗歌应该解释人的境遇，处理生存的难题，敞开诗性的世界——诗歌的这些基本使命，如今正在被当代诗人所漠视。

当诗歌普遍湮没在技艺的表演和欲望的碎片中时，诗人不仅不再"靠近亚当纯真的眼睛和舌头"（爱尔兰诗人西默斯·希尼语），也不再是"宇宙中一条柔韧的纤维"（意大利诗人朱塞培·翁加雷蒂语），而成了冷漠的炫技者和经验的转述者。

但谢秘书提醒我们，诗歌除了表达经验和现实之外，它还要有企及梦想、照亮内心的精神向度。现实和经验往往带着黑暗的品质，诗人如果只沉迷于黑暗，她的勇气、责任、力量和信心就无从体现。

可见，真正的诗人，除了批判精神，还应发现人性的光辉、生存的诗意，进而实现对"新世界"的语言构建。所以真正的诗人不仅是创造者，也是生存者；真正的诗人创造诗性的世界，也活在这样的世界……

不知道怎么回事，一谈到文学我就特别激动，天马行空，龙飞凤舞，可能与我的兴趣爱好，以及大学学的中文有直接关系。而谢秘书把她的"初恋"之作交给我，说明她还是看得准的，哈哈。

就在我得意忘形的时候，有人轻轻地叩门，听声音我断定是女士，我以为谢秘书从联谊会上回来了，所以就大着嗓门：

"谢秘书，你的诗写得真好，这可不是一般文艺青年所能及的！"

只见一个穿着旗袍的美女，像仙女一样闪进办公室：

"大厂长，大白天的，念叨哪位美女文艺青年呀？"

听到不是谢秘书的声音，我忙转头，见是大学美女老师，赶忙打招呼表示歉意，并惊叹道：

"呵呵，大教授，什么风把你吹来的！"

美女老师笑说："只准你想别人，不准我想人家？嘻嘻——"

跟着又是一阵爽朗的笑声。

我自责地说："别误会，刚才我是看我们厂办秘书写的诗。"

边说边将谢秘书作品递到她跟前，美女老师仔细看后，连声称赞说：

"好诗！看字体就知道是位标致秀气的美女写的。"

美女老师试探地向我打听。我向她竖起大拇指：

"不愧是老师，非常有判断力。"

她再转过身，见到办公桌上我写的诗评，美女老师一下子惊叹不已："看到这么老到的诗评，谁能想到这是一个企业厂长写的呢？"

我向她翻了一个白眼："大教授，千万别臭我们穷工人！"

"呵，岂敢！这诗与这诗评让我懂得了——高手在民间。"

我见美女老师说这句时，没有半点虚情假意或者是阿谀奉承……

过了一会儿，美女老师言归正传，说明了来意："今天来，是向厂长交作业的。"

她边说边向我递来一沓厚厚的文本。我这时还是丈二和尚摸不着头脑，问她："是什么东西？"

她对我急了："真是贵人多忘事。"

我瞬间想起来了，忙赔不是说："不好意思，是我让你牵头为企业发展做的一个规划！如果你今天不来，过两天我也要追到学校找你。因为这段时间，我一直在考虑企业如何转型升级。"

我赶紧从美女老师手上接过文本，连连向她表示："感谢老师啦！"

同时，心里又直犯嘀咕，还暗自发笑："莫非又见'曲水流觞'了？"

当这几个字从我嘴里蹦出时，美女老师得知原委后，也跟着我笑得直不起腰。但她仍然醋意浓浓地朝我撒娇道：

"可惜这厚厚的一本，不是诗篇啊！"

我没有顾及美女老师的面子，而是实话实说：

"如果从一个厂长角度，我肯定喜欢这个厚厚的大本子；如果从我个人喜好角度，我毅然决然喜欢这薄薄的诗篇。"

美女老师听到这里，从椅子上霍地站起来，抓起挎包对我臭声臭气地说：

"那我先走了！"

我没有注意到美女老师对我已经翻了脸，还执迷不悟地请求："这个企业规划，我们还没有讨论呢！"

"别浪费时间了！你还是去做你的桃花源诗的春梦吧。"美女老师执意要走。

这时我看到她说话不开心的样子，方知她在吃另一个女人的醋。

我忙站起身，向她赔礼道歉："大小姐，你误会了！此刻我们企业处于转型升级关键时刻，迫切需要你的关心与支持！"

所以，我忙转身迎上前去，挡在办公室门口。没有想到她只顾快速离开，脚下一滑扑倒，正好被我拦腰抱住，她躺在我怀里没有挣扎，反过来把我愈抱愈紧。顿时我觉得一股热血在身上燃烧，我与她就这样静静地抱在一起。

不知过了多长时间，等我回过神来，发觉王广舟和谢秘书不知什么时候已经站在了我们面前。

只听到王广舟故意装腔作势几声咳嗽，我惊慌失措惊醒过来，忙推开美女老师，不好意思地朝王广舟和谢秘书说：

"千万别误会！"

王广舟哈哈直笑："我是没有看到，只要谢秘书没有意见。"

谢秘书本来想问问清楚，经王广舟这么一说，她觉得自己没有面子了，嗷嗷大哭起来。

我刚想去拉谢秘书，书记大人又一把将我推开，并警告我说：

"千万不要脚踩两只船，世上没有这么好的事儿！"

王广舟边说边半抱半推地，将谢秘书拉出办公室，这个举动令我醋意浓浓，我这才发觉他们那份亲密好像有点不同寻常……

紧接着，我与美女老师拿着企业规划方案，一页一页地翻阅着，各自都觉得特别沉重。

这种沉重，就像爬山过坎，稍有不慎我们就会堕落深渊……

第八章 转身

炎炎夏日，田野茂盛，繁花似锦，这是一个多么浪漫的季节。

这天，已经五十多岁、分管生产的副厂长拿着辞职报告，找到我气呼呼地说：

"这个生产厂长，我干不了了！"

"你不干，我也早不想干了。"

我也是气不打一处来，生产厂长被我瓮声瓮气的话怔住了。他想自己是这个企业的老劳模，自己都不干了，还有谁能在这个企业干下去？

他连忙调整了思路："不是我真的不想干，问题是现在砖瓦分厂的一线职工严重不足，农民工又招不到，明天企业就要停产了。对于这个责任，我怕我自己无法承担！"

听到这里，我苦恼一笑，嗓门粗粗地回答：

"不就这屁大的一件事，值得你这位老劳模去担心害怕？"

生产厂长爱理不理的，令我觉得苦闷多多：

"亲爱的老前辈，请你放心，只要我们出于公心，企业有三长两短，一切责任都由我来担当！"

生产厂长见我主动担责，还是被我的话感动，觉得自己刚才做过了头，忙解释说："本来高温季节，正是砖瓦生产的黄金季节，如果这个时候停产，就像农民辛辛苦苦一年，到丰收的时候竟然不能收割，这不是让人家背后笑话，要遭天老爷电闪雷劈嘛！"

我知道生产厂长之前就是砖瓦分厂的厂长，省级劳模也是从这里生产一线苦干出来的，我先安抚他别急，忙查问道："一线生产职工哪里去了？"

生产厂长告诉我一个秘密，说这几年，随着职工生活水平提高，厂里职工越来越不愿到日晒雨淋的砖瓦生产的苦累岗位工作。

许多人宁可工资收益少点，要么转到其他新型建材岗位，要么直接调到其他企业。所以，现在砖瓦生产的多数岗位，主要是通过招聘农民工来替代。

"既然企业用工荒问题早已有苗头，为什么拖到现在才提出来？"我两眼喷出火似的，对准生产厂长问道。

生产厂长一声叹息："这几年年终结算农民工工资时，我们扣留尾款实属无奈。企业不差钱，为的是让农民工来年再回到企业上班，以应对每年春节节后出现的民工荒。然而，这种做法今年不灵光了。"

"节后，我曾亲自登门拜访，做农民工思想工作，向他们的家人保证不拖欠工资，并给予与同厂职工同等的福利待遇……"

只见生产厂长一脸无奈地说："现在位置颠倒了，不是别人求我们给工作，而是我们去求别人来工作。"

现在明白了，原来民工荒在重工岗位早已发生，刚开始许多人认为这只是暂时和局部性的现象，主要由于劳动力供求在地理上的分割，导致供求关系在短时间内难以匹配，才出现了企业即使提高工资等福利水平，也招不到人的民工荒。

此时此刻，我心里有了数，现在看来，民工荒可能已成为长期和整体性现象，劳动力无限供给的态势已经被打破，劳动力供给相对于劳动力需求的不足，让农民工的工资不再由平均收入所决定，这样，我马上向生产厂长提出了个人的意见：

"从长计议，今后农民工收益一定要同其劳动强度挂钩，同其创造的价值挂钩。让多劳者多得，别让多流汗者还吃亏。"

生产厂长听了我实事求是的分析，对我刮目相看起来："好主意，只不过如此的分配方式，目前国营企业从未突破过。"

我大着胆子说："正因为人家没做过，才需要我们有人先突破。我现在最担心的是怎么救急。"

生产厂长俯到我耳边说："我出个馊主意，目前一段时间，让行政人员分期分批顶班。"

我知道这是不是办法的办法，无论是劳动技能水平还是效率，行政人员都无法适应。

但我无奈地作出了决定："我们有六位厂长，每人每天带一班，先将眼前民工荒问题顶过去。按照新的计酬办法，马上抓紧民工招聘，相信重奖之下必有勇夫！"

"好，立即执行！"

生产厂长当着我的面，将辞职报告撕得粉碎，然后向空中抛去，正好随着一阵风卷起飘向四面八方……

第一天，我率先带队，劳动任务是将场地已干燥的砖瓦坯子，用平板车运至大窑焙烧。民工通常一人一车，我让行政人员他们两人一车。

谢秘书与我分在一起。对"肩不能挑担、手不能提篮"的弱女子来说，干这种全靠拼体力的重活，无疑残酷无情。

要知道，一车装满泥坯，比装满烧制后的砖瓦还要重许多。劳动开始时，她抢着拉车，我知道她要为我分忧。其实几百斤重的车，她别说拉不动，就是端也根本端不起，即使端得起车也无法平衡。所以，当谢秘书咬着牙撬动车把，车头一翘却把她弹向半空，再重重落下来摔在地上。

我忙一个箭步冲过去，但根本无法压住车把翻起的惯性，当我从地上把谢秘书拉起来，只见她痛得说不出话，拼命抱住我，扯不断的泪水"唰唰"往下流。

我忙对谢秘书说："你先回去休息吧！"

她苦笑了一声："我先走，不就成了战场上的逃兵，你一个人怎么推车？"

我朝她连连点头，并幽默道："从你的身上，我感受到了工人阶级的伟大与力量。"

她被我逗得破涕为笑，接着我们俩都傻傻地笑了起来。

我们站起来，赶紧重新装车。我在前面掌车，谢秘书在后面推着，她嘴里学着西北赶大车的车把式，朝着马儿不断吆喝着，我笑说：

"你这是快马加鞭吧？"

谢秘书又哈哈笑起来。

我见她心情已经恢复，这才压低声音问她："不生我昨天的气了？"

谢秘书一笑："别脸老皮厚了。看你刚才救我的样子，想必你一定是个大好人！"

"呵哈，少表扬，当心人家把尾巴翘到天上去。"我这时心里也美滋滋的，"看来劳动不但锻炼人，还能增进人的友谊。"

她非常机敏地回答："所以，劳动创造了人！包括人犯了错误，都要以劳动的方式来改造人。"

我说："这是劳动的伟大吧！"

说到这里，谢秘书套用毛泽东同志的话："从今以后，我得做一个高尚的人，纯粹的人，脱离低级趣味的人。"

我大步低头弓腰用劲拖着车，回头看了一眼满脸汗水的谢秘书。没想到她又红又专，企业选择这样的人做秘书，说明组织部门还是看得准的。

我赞美道："做一个有趣味的人——真好！"

她补充说："其实就是做一个有趣的人。我们身边有很多人很善良，很能干，事业也很成功，只是一点没趣。"

她说这话时，故意把眼睛向我瞥过来，我知道她是冲着我讲的，当然我还是作出反击："有趣，是一辈子的春药。这就是为什么有些女人，美是美，靓是靓，最终还是让人乏味。"

谢秘书自然不是好惹的，一听我说这话，就知道是冲着她说的，就笑着对我说："要骂痛痛快快地骂出来，千万别指桑骂槐！"

"你看，你看，无趣吧！"我又逗她说，"你不是喜欢诗吗？台湾有个叫余光中的诗人说，朋友分四种——高级而有趣，低级而有趣，高级而无趣，低级而无趣。"

她自言自语道："看来有趣之人，是多么可人！"

我接过话："人可以无知，绝不可以无趣。"我朝谢秘书做了一个鬼脸。

她十分赞同我的话。过了一会儿，她好像想到了什么：

"刚才你说到诗人，下面我为你作几句打油诗如何？"

"好啊。"

我又好奇道："你为什么这么喜欢诗歌？"

她说："答案很简单，因为工人不是流水线上一尊尊没有思想的兵马俑。"

谢秘书的话让我感到了分量。多年来，中国企业这个群体习惯了沉默和被代言的处境，直到其中有那么一些人，开始用诗歌这种高妙的文学形式，来表达自己的经历、心声和愿景。这时，只见谢秘书把一块青砖抓在手上，海阔天空地朗诵起来：

> 我爱青砖的真诚，
> 没有泥坯的脆弱，
> 没有土地的单调，
> 没有红砖的耀人，
> 我喜欢她那灿烂青春，
> 远比大草原更辽阔。

没有想到谢秘书出口成章，又非常接地气，我大叫一声：

"好诗！"

她白了我一眼，我以为她会向我笑，结果她眉头一皱，又步入她的诗情画意的天堂——

> 我爱青砖的高雅，
> 带有泥土的芬芳，
> 带有肌肤的柔情，
> 带有火焰的性感，
> 带给我一朵朵青色的花，
> 胜过钱塘滚滚浪涛。

没有想到一方青砖，可以超越诗的境界，我的眼睛一下被谢秘书的诗点亮，不由自主喊出：

"这是多么接地气的好诗啊！"

过了一会儿，谢秘书从地上又抓起一块青砖，做了一个向我砸来的动作，吓得我慌忙躲闪。在她的"咯咯"开心的笑声中，我和她一起走进诗的高潮：

> 我爱青砖的精神，
>
> 站起，是一尊不倒的丰碑，
>
> 卧下，又不失温文尔雅，
>
> 碎了，仍不失土与火的魂魄，
>
> 我愿被你割破手指，
>
> 让我痴狂的一节残砖……

我一直以为，工人的诗歌不大关心那些抽象玄奥的命题，文字也未必雅驯，但有一种泯然众人又不无特别的视角，加上深厚的人生阅历，造就了具有经验厚度与情感强度的动人诗篇。

古人常讲，不读诗书形体陋。我试探地问道："你心目中的诗人，是什么样子？是李白、杜甫，或是惠特曼、泰戈尔？"

谢秘书直截了当告诉我："我心目中的诗人，与你的想象迥异。你也许清楚，我国有亿万工人在八小时内拼命工作，但你不知道的是，他们也在悄悄地生产诗篇，夜深人静时会把诗写在随手捡起的纸张背面。"

她的话，让我对眼前这位美丽清秀、文雅聪慧的美女，蓦然刮目相看，有种相见恨晚的感觉，我对她点头并深情地一笑，说："看来劳动不但带来快乐，还带给职工无尽的诗意！"

……

应该说，一天劳碌下来，可能体力消耗太大，加之平时也没有如此这般劳动机会，此时，劳动的诗意仅是一点点佐料，更多的是筋疲力尽和腰酸背痛。

收工的时候，我躺在杂草丛生的工地上，目不转睛地望着高高的蓝天白云。这是多么熟悉的场景啊！我想起来了，那是十年前响应毛泽东同志的号召"农村是一个广阔的天地，在那里是可以大有作为的"，下乡后，在那荒山野岭中，虽然整日过着"面朝黄土背朝天"的苦难日子，但给人生历练留下了难忘的回忆。想不到十年后到了国营大企业，仍然逃脱不了"泥腿子"的生活……

我不得不说，自从担任一厂之长，我心里就有许多委屈，不知向谁倾诉；我身上还有许多伤害，也不知向谁表露。

此时，我多想做一朵天上无忧无虑的云，像它那样天马行空，像它那样高傲飞翔……我就想这样背靠大地舒适地躺下去，直至永远，而浑身一阵阵劳作的酸痛，又把我拉回到现实。

第二天，厂长办公会议讨论企业产品转型问题。我让谢秘书去将几位党委书记请过来，希望他们能列席会议。之前我已约请了吕冠球和省城大学的课题组，期盼他们帮助职工坚定信心。

会议开始时，我联系昨天参加生产一线劳动的感受，结合省城大学教授们对建材企业发展研究的报告，大着胆子提出将我厂砖瓦生产功能转移到乡镇企业的思路，用现在时髦的说法，叫产业转移、产能合作，或者叫共享经济。

当然那时，我不能这样直接提出来，一是怕班子其他成员听不懂，二是怕能听得懂的，也不一定会接受得了这个方案。

那时，如果有人上纲上线的话，明摆着这就是挖国营企业的墙脚。所以，在这样的会上，我讲话得绕着弯子，讲究一些策略。

我先让生产厂长将目前生产情况，特别是砖瓦分厂板块出现的一些新问题，重点突出招不到工，企业无法满负荷开工生产等，一股脑地端出来。

这就是让大家感到砖瓦生产，在国营企业已经难以发展，甚至是已经死到临头。

接着，我请技术厂长出面，重点介绍一下新型建材产品开发的情况，随着项目前期工作完成，下一步进入项目建设阶段，等等，一件件地把前景描绘清楚，让大家感到传统产品的更新换代，已经刻不容缓。

会上，我又请来当时全国乡镇企业的一面旗帜——吕冠球先生，他也是我个人多年的好朋友，让他谈谈目前乡镇企业发展的思路。

他重点介绍了乡镇企业生产建材产品，资源充裕，劳动力就地取材，让大家感到国营企业与乡镇企业，可以走合作共赢之路。

……

面对企业如此重大的决策，甚至于还会出现伤筋动骨的局面，我把这个一锤定音的决策权，交给我信赖并尊敬的企业党委黄书记。

黄书记看了看大家后，把眼光落到我的身上："时下企业转型升级对我们都是一个全新课题，根据刚才几位发言，我认为我们可以先试一下，对了就继续前行，错了还可以退回来。"

书记这么一拍板，给我吃了定心丸，一下我胆子也大了起来，提出先关停掉一条全自动砖瓦生产的隧道窑线，一部分职工转入新型建材生产线，一部分骨干到乡镇企业当技术骨干，按照"三个一"转型升级。同时，扩大我们建材机械分厂的生产规模，合作联营好一家企业，再建设投产好一条生产线。

我要求挂图作战，务必步步为营，只许成功，不许失败。

王广舟紧接着说："我想谈点个人看法。听了刚才各位的分析，我都表示赞同。但是——"

他故意停顿了一下，见会场鸦雀无声，又装腔作势咳嗽了一声才说："但是秦砖汉瓦曾经是中华民族的骄傲，我们企业是吃着她的乳汁长大的，现在突然要从祖宗的母体割舍出来，总觉得是娶了媳妇忘记了娘，从情感上一下子难以割舍，所以我不同意厂长的方案！"

生产厂长顶了一句："王副书记的话听起来很有人情味，但社会需要进步才会发展。按照王副书记思路，人是从猿进化而来的，那么我们每个人是不是都不该脱掉尾巴？大家再看看，反正我们屁股后面都没有，我相信王副书记屁股后面也不会有尾巴吧！"

生产厂长的话引得大家哄堂大笑，其实对王副书记的话，我压根就没有放在心上。

会议上有不同声音或意见，本来就是正常的事情，也没有什么好大惊小怪。

王广舟哪有让人随便说的，只见他阴沉沉一笑，冲着生产厂长说："别说的比唱的还好听，中国乡镇企业中，有能接纳我们国营企业都干不了的项目的吗？"

省城美女老师马上接过话茬："王副书记，其他我不敢保证，但对乡镇企业生产砖瓦，我敢保证没有问题！因为事先我们对全省乡镇骨干企业做了问卷调查，几乎是百分之一百地回答没有问题。

所以请国营企业大胆转身！"

美女老师说过这些话后，会场下面马上议论声一片，我提醒大家保持安静，并询问大家：

"还有其他不同意见的吗？"

我见没有新的意见，马上说："这件事就这么定下来，先停一条砖瓦生产线，一部分职工转产新型建材，一部分技工编入技术服务部门，开展与乡镇企业的联营协作工作。"

然后，我回过头，对谢秘书说："尽快整理一个会议纪要，向省级主管部门报送。"

刚才听到美女老师在会上提到"转身"这个名词，我一下还吃不准。会后，我再次向美女老师讨教"转身"的含义。

她十分认真又非常乐意对我介绍说："顾名思义，转身指的是某人或某些人从一种社会角色、形象转变成另一种社会角色、形象。具体说，'转身'就是改变、变化的意思。"

我说："我们企业可否'华丽转身'呢？"

她见我还有自己更高的目标，先是一惊，过了一会儿才向我点了点头说道：

"华丽指的是这种变化是朝着积极的、好的、公众认可或期望的方向发展。"

停顿了一会儿，她接着又说："'华丽转身'一词源自时尚界，转身是T台展示风采的一个特色动作。原指在巅峰辉煌时离开、引退。目前更多的是指'转向、改变、发展'。"

"它可以指人，也可以指一个地方、一个单位。它可以解释为由一种形象、角色、模式、类型，改变为另一种形象、角色、模式、类型，也可以仅指巨大的变革和发展。就目前所看到的例子，绝大多数都具褒扬的色彩。"

我见美女老师说起来滔滔不绝，一下子感到在老师面前，自己永远都是学生，就对她赞美道：

"老师就是老师。"

美女老师没有搭理我，仍然侃侃而谈：

"国内好多企业发展到一定阶段，在'转身'时就出现了瓶颈，也许是'不当家不知油盐酱醋贵'，我们这些所谓大学企业管理老师，没有当过他们的家，也不知道究竟为何，但我们调查得多了，参与得多了，对国营企业管理还是可以提出我们的一些建议和看法。"

我哈哈直笑："别忘记我是第一时间找你们合作的。"

我说这话时，她似乎有所触动，冒出一句：

"可惜你只知道第一时间找人，但你找到自己心仪的人了吗？"

我知道于公于私，美女老师都对我有些不满意。此刻她是一语双关，借机发泄，但你说我会吃她这一套吗？

我想借机先将她一军，就故意问："怎样才能找到心仪的人呢？"

没想到她说起来又是一套一套的，于公于私都十分管用：

"要发扬兔子的腿，动好狐狸的脑，用好老鹰的眼。这样，也许对企业包括对个人实现突破都会有所帮助。"

出乎我的意料，美女老师只是以爱情为诱饵，她更多还是谈企业如何发展："随着改革开放的春风到来，洋鬼子纷纷到我们中国投资布局、发展，他们可以不计成本，在我国赔一年、两年，甚至更长时间，他们发扬乌龟精神——慢慢爬，最后到达目的地，但我们的企业赔不起，主要因为我们没有钱也没有原始资本。

"我们只有和他们比速度，本土企业要发扬'兔子精神'——快跑！只有这样才可以找到草吃。

"在这里，快跑不是盲目地拍脑袋。如我们的建材产品是本省的老大，而到了其他地方却名气不大。这样的老字号，虽然是国粹，但现在看来也只能算是传统地方品牌。

"快跑也不是盲目地烧钱。国内好多企业，自认为他们企业的产品不愁销，拿到市场马上换回的就是钱，但实际上，一年的营业额，和那些到我们国家来淘金的外企相比，还是小巫见大巫。

"所以，我们的钱要科学、合理、有计划地烧，烧到正路上。如果我们有钱了，可不可以将我们建材产品的产业链延伸，比如搞房地产？

"我们要学狐狸的脑，来发展壮大。我们最聪明，四大发明来自我们祖宗，可以这样讲，从古到今，我们比老外聪明，因此，虽然我们资金没洋鬼子多，但我们脑子比洋鬼子好用。

"学狐狸的脑，不是靠耍小聪明。比如我们产品质量有了问题，我们却不管它，目前市场是卖方市场，很容易'萝卜快了不洗泥'，不管它的结果最后会让我们的企业毁于一旦。

"所以，学狐狸的脑不是'学忽悠'，而是要讲究诚信办事。

"此外，我们还要学会用老鹰的眼。老鹰在万米高空，可以看见地上的兔子、老鼠，站得高看得远。我们的本土企业好多都口口声声高喊要做百年企业，最后的结果，不是被兼并就是倒闭了。用好老鹰的眼，不但要有长远打算，还要做好当前工作；不但要着眼大局，还要做好局部建设；不但要看到现象，还要看到本质。"

　　……

这一刻，美女老师分明是以老师身份来向我这样的学生讲课的。听着她洋洋洒洒一席话，望着眼前的这位美女老师，我不免一下子刮目相看，肃然起敬。

是啊，1984 年，与其说是企业荒，还不如说是人才荒。这时对我们来说，于企业于人都得加快转型步伐。

也许一次"转身"，就有可能闯出一片新天地。

第九章 一颗匠心

转眼一个月的时间过去了，这天谢秘书急匆匆来到我的办公室，向我递来一份省内大报，只见在头版头条位置，以《国营企业能够这样华丽转身吗？》为题，报道了我厂产品结构调整的一些情况。

见到这份报纸，我两眼几乎要喷出火来，吼道："谁让发的？"

谢秘书见我火气很大，说话的声音也颤抖起来："几天前，王广舟副书记从我这里调走会议纪要，估计是他给记者提供的素材。"

本来那次会议上，王广舟已明确不同意企业"转身"，现在他利用媒体，分明是给我施加压力，我猜这种混账事，他是做得出来的。

谢秘书不知是真心还是假意地提醒我说："树大招风，枪打出头鸟。今后企业每走一步，还是小心为妙！"

我向她点点头，还是一声叹息："天要下雨，娘要嫁人，由他去吧！"

想想这也没什么大不了的，让媒体讨论讨论，可能会让我们走得更稳健。但这么大的事，得向主管部门报告，以便得到上级领导的支持。我对谢秘书说："你将厂里的请示，附会议纪要，马上报送给省厅领导。"

谢秘书立刻答："马上就办！"

这时桌上座机"嘟嘟"响起，谢秘书转身告辞，我一边抬手向她道别，一边抓起话筒："喂，你好！噢，把我吓了一跳，原来是美女老师……"

美女老师在电话里告诉我一个消息，故宫文物保护部门找到他们学校，打听有没有能够参加故宫修缮用的古砖瓦生产企业可以推荐的。美女老师说自己手头上正好在做一家省属建材企业发展课题，就马上推荐了我们。

听到这里，我激动万分地说："谢谢老师推荐！我们企业曾参与过古砖瓦恢复生产研究工作，具备一定的生产基础，我们会尽快与故宫取得联系。"

美女老师一阵"咯咯"笑："你发了财，一定别忘我们学校啊！"

我心领神会地回答："岂敢忘记老师恩情！"

电话那边传来一串银铃般的笑声。

……

隔日，我带着厂里的陈总工程师，直飞北京。

从车水马龙的北京景山前街穿过护城河，进入神武门，往西走，数步之间就拐进了故宫博物院里一条狭长的甬道——西筒子。

故宫的文保科技部的办公地点，就坐落于西筒子南端的"西三所"。这里是慈宁宫大佛堂北面的一片院落群，清朝时是先帝嫔妃的居住地，所谓"三百年没进过男人"说的就是这里。如今这里仍然是故宫的未开放区，不见喧闹的游客，只有红墙绿树掩映，一晃神儿还真以为穿越回了几百年前的"紫禁城"呢。

科技部负责人向我们介绍，把故宫建筑作为中国最大的文物、最珍贵的文物来看待的观念，也是经过了一个过程才建立起来的。

中国传统历来重文物、轻古建。文物档案在谁手里很重要，而房子可以不要。在解放初，故宫还只是被当作存放文物的空间，直到 1961 年才明文确定它为国家重点保护文物。

"这是为什么呢？"我还真的有些莫名其妙。

那位负责人不厌其烦地说："不同文化、不同历史时期，人们关注建筑物的概念不一样。"

要知道那个时候，听到这样的观点，的确非常新鲜。

原来我们国家最早是把建筑当作使用物来看待的，而欧洲建筑到中世纪的时候也还是工匠的事情，或当作城市的标志物，如罗马的斗兽场，就是罗马帝国的标志。

文艺复兴之后，有一些大艺术家，如米开朗琪罗，参与了建筑设计，也开始出现有名的建筑师，除了对建筑的使用功能的设计，他们还追求个人风格，于是建筑变成了艺术作品。

据说 19 世纪，欧洲的人文史学家有一种观点认为，建筑的顶峰就是古希腊的建筑，以后要在建筑上取得成就只有两条路——学自然或学古希腊。

早在古罗马时期，就有大量的古希腊建筑的仿制品，后来的史学家在考察古希腊建筑时还要鉴别真伪。对于中国的建筑来说，一直就不存在这样的问题，因为没有这个从使用物、标志物到艺术品、文物的过程，我们玩的是器物字画，有真伪之别，而建筑对于我们来说，一直是供使用的一个器物，从来也不是作品，一直是工匠的事情。

我们对建筑的态度一直像对待衣服一样，不合适了就改，坏了就扔，或者像对待吃饭的桌子，桌子腿松动了，或者拆了换一个，或者用钉子把它敲结实了。

故宫的建设前后准备了十年，在永乐年间真正的建造只用了三年，因为重要的是要用，所以要快。不像欧洲的建筑，一建就持续几十年甚至上百年。

20 世纪初，人们开始关注建筑对历史进程的展示，以及对历史信息的记录，于是以看待文物的态度来看待建筑，已经不局限于色彩、比例、规模等表面的特征。

到了 20 世纪 20 年代，一批从欧洲留学回来的人把欧洲古建筑保护的观念介绍进来，开始有了保护的主张。

到 30 年代，国民党政府提出过"文化遗产"这个概念，还有相关的立法，但是那时候的立法还没有具体的文化遗产名单，也没有具体的保护方法，基本上只是泛泛而论。

二战之后，欧洲有大量的建筑被毁坏，其中有一部分是古建筑。联合国教科文组织和罗马教廷当时提出了对被毁坏的古建筑进行保护的提议，一些从事文物保护的人士在经过广泛讨论后，在 1964 年通过了《威尼斯宪章》。宪章指出，古建筑是属于全人类的文化财富，是对历史的见证，对它们要保存原貌，使之能永远地留存下去。之后，这种观念渐渐变成了通行国际的文物保护原则。

1972 年，联合国教科文组织发布了《保护世界文化和自然遗产公约》，在《威尼斯宪章》的原则基础上增加了"真实性"一条，包括地点、工艺、材料、设计都是原有的，满足了这些真实条件，一个建筑作为对历史的见证才能成立，并且建立了世界范围的文化遗产名单。

中国 20 世纪 80 年代成为缔约国，这种现代的对古建筑保护的观念已经被广为接受，但是，遇到像故宫这次全面整修的大工程还是躲不开历史的影子。

虽然我是搞建筑材料的，但过去只知道秦砖汉瓦，企业只知道生产，对建筑本身总是漠不关心。

经过今天这么洗脑后，才知道了伟大的建筑，离不开伟大的建材。眼前的故宫博物院，以其保存完整的庞大古建筑群而著称于世。占地面积达七十多万平方米的故宫，其砖墙、地面以及长三千多米、高十米左右的城墙，用砖数量之大是可以想象的。

一听到这些情况，我心里立马乐滋滋的，但我心里还有一个疑惑，就询问道："书上说皇帝住的宫殿里，地都是用金砖铺的，是这样吗？"

那故宫科技部负责人听后，哈哈大笑：

"等会儿你走进故宫大殿，你会失望地发现，只有锃亮的青砖，没有金灿灿的金砖！"

我失望地问："难道皇宫金砖铺地只是一个传说？"

那位负责人让我们别急，慢慢说道：

"故宫真正值钱的东西往往并非黄金。如果你们能想通这一点，那就好好看看满地锃亮的青砖吧，它们比黄金还值钱。"

青砖可以比黄金贵，这是我第一次听到的新鲜事。随我一起来的陈总工程师听到这里，马上插话说：

"人们之所以误以为皇家以金铺地，无非是觉得黄金这东西又土又豪，只有土豪才会恨不得把自己都变成金子一样闪闪发光。"

这时，陈总工程师结合企业情况，向故宫有关负责同志介绍说：

"比如皇家的金砖，过去我们建材总厂就有一个砖窑，窑边的一个石碑上刻着'御窑'两个大字，是明朝皇帝御赐的。

"这种金砖一般制作工期都很长，首先要把土料挖出来晾，经过风吹、雨淋、日晒，将原有的'土性'去除。所谓土性就是泥土开裂、收缩的特性，这个晾的过程就需要两年。

"接着要将土埋在土池里一段时间，然后再挖出来晾，接下来才能制作土坯，加以烘烤。这个烘烤时间也很长，通常要两三个月。

"古建维修工种包括'砖瓦灰沙石，油漆彩画糊'，做这行不仅需要经验，还得有吃苦精神……"

听到陈总工程师对金砖制作工艺流程如数家珍，故宫维修专家们十分惊叹，马上拍板道："你们这家企业，我们认可了！"

为了让我们多一些感性认识，接待我们的负责人又带着我们考察他们正在做的一个项目。

这是 1983 年故宫开始修建的一个地下文物仓库。进西华门，第一历史档案馆的对面有一片空场，过去一直被用作武警的足球场，北侧墙上还贴着射击用的靶子，空场的下面就是地库，而墙内侧是入口。俯视地库为"田"字形结构，上下分三层，总面积两万多平方米，藏有文物六十余万件。

事实上，地库为一个架空结构，六面都不接触泥土，四周为"回"字形，下面被柱子撑起，这样设计主要是为了防潮，防止有水渗入。地库共有大小库房一百余间，大的十余平方米，小的七八平方米。

库房内有高两米左右的铁柜，文物一层一层地放于其中。所有文物在进库前都要经过熏蒸，以除虫消毒。每件文物都有一个相应的囊匣，根据形状的不同内槽也不同。

地库有中央空调保证恒温十五度，恒湿百分之五十，并设有自动感应的气体灭火装置。地库内的防盗门每个价值十万美元；密码锁实行双钥匙制，入口处的警卫室掌握大门钥匙，具体库房则由钥匙房掌握。保管员每天要入库两至三次，做例行检查，平时库内不开灯，人走灯灭……

通过在故宫的"一听二看三讨论"后，最后我们顺利地与故宫签订了生产古砖瓦的意向书。这时故宫维修保护的同志还是不放心，一再提醒我说："故宫维修不只是在建筑上，还连带出很多要保护的东西，包括老工匠的手艺。"

在与故宫负责人握手告别时，我感激万分：

"今天不但得到了企业订单，还了解了往日企业工匠精神的辉煌……"

回到单位，我马上让谢秘书找来企业几位上年纪的老师傅，一起商量恢复古砖瓦生产的事。

想到这是企业一件大事，我将上次美女老师送给我的上等好茶——明前"西湖龙井"，拿出来沏给师傅们品尝。

那时还没有冰箱，存放茶叶全靠父亲送给我的一只白铁皮桶，下面放几大块生石灰，垫几张报纸后，上面就可以存放一些需要防潮的物品。

这些老师傅都是江南老茶客，听说我请他们喝的是明前龙井，一个个都很激动。毕竟那个时候，能够喝到这等好茶的人还不多。

一个上了年纪的老师傅说，龙井有"雨前是上品，明前是珍品"的说法，明前龙井高于雨前龙井。明前龙井的干茶闻起来都有清清的豆香味，有些青又有些绿，泡在水里，一叶一芽，整齐漂亮，茶汤的感觉非常清淡，有种很柔的味道，越好的龙井茶味道越清淡。

我见老师傅们一个个津津有味地品着茶，就趁热打铁与他们套近乎：

"茶是好东西，好茶需要慢慢品。中国何时开始饮茶，据说始于汉，而盛行于唐。世界公认饮茶是中国人首创的，其他国家或地区的饮茶习惯、种植茶叶的习惯都是直接或间接地从中国传过去的。"

老师傅们看我说得乐此不疲的样子，一下子对我刮目相看，说："想不到年轻厂长，对茶道也如此精通。"

其实我想以茶拉近与老师傅们之间的距离，所以我笑嘻嘻地回答："在老师傅们面前，我是班门弄斧。但今天请你们来不是谈茶经，而是谈与我们产品有关的砖瓦经。"

我一说起"砖瓦经"，每个师傅的眼睛，全都停在我的脸上，我赶紧把与北京故宫签约的事一说，大家顿时炸开了锅。

尤师傅马上接过话题："干这事，我应该最有发言权！"原来尤师傅曾参加过古砖瓦研究所工作，也是古建青砖手工制作工艺的传承人之一。

他说："我家祖祖辈辈靠烧制青砖生活，青砖的制作工艺复杂，难以机械化生产。随着工业化制砖设备的问世，青砖除古建筑修复使用外，基本退出建筑舞台。"

在共和国成立十周年时，尤师傅作为对传统手工艺充满热情的手艺人，随他的师傅古砖瓦研究所所长一起参与生产恢复。为了保持古建青砖的原有特点，他们坚持使用传统工艺流程，完全靠人工操作。

"要制好一块青砖，首先要选用已晾了两至三年的优质黏土，采用中性水和泥，靠人工将泥和熟、和透，然后制坯，压平表面并修整方正后，放置阴凉处阴干。阴干后的砖坯由工人逐块手工装窑，等待烧制。烧制过程要由经验丰富的师傅把握火候，通过控制燃料投放，使窑内慢慢升温，最高时可达一千二百摄氏度。"

尤师傅对每一道工序都了如指掌："在窑内烧制半个月后，进入阴窑环节。随后，用小水喷洒窑顶，水经多个导管进入窑顶孔洞，在窑内形成蒸汽。在蒸汽作用下，经过十余天烧制，窑内土黄色砖坯颜色逐渐加深，直至变为青蓝。之后，工人掀起窑顶通风降温一天，方可出窑。"

就是这样，通过几年的研制，年轻的尤师傅曾带着企业生产的青砖去故宫博物院毛遂自荐。当时故宫博物院专家们对我们的青砖非常认可，还派技术人员到厂里考察，并达成了合作意向……

尤师傅用手指着另外四位同事说："当时，我们都在一个所，那古砖瓦生产的十几道工序缺一不可，真的是慢工出细活。"

"噢！慢工出细活。"

我重复着尤师傅的话，又呷了一口龙井，就像品茶需要细品，在茶叶略带的苦涩中，享受那令人神魂颠倒的清冽甘甜。

用现在的眼光看，慢工出细活就是一种工匠精神。就是工匠们喜欢不断雕琢自己的产品，不断改善自己的工艺，享受着产品在双手中升华的过程。工匠们对细节有很高的要求，追求完美和极致，对精品有着执着的坚持和追求，把品质从百分之九十九，提高到百分之九十九点九九，其利虽微，却能长久造福于世。

工匠曾是中国老百姓日常生活须臾不可离的，记得小的时候家里干什么活，都会将匠人请到家里来，做木器请木匠，做泥工请泥瓦匠，做衣服请裁缝，办酒席请厨师……各类手工匠人用他们精湛的技艺为传统生活图景定下底色。随着农耕时代结束，社会进入工业时代，一些与现代生活不相适应的老手艺、老工匠逐渐淡出日常生活，但工匠精神应该永不过时。

工匠也许是一种机械重复的工作者，但其实工匠有着更深远的意义，它代表着一个时代的气质，坚定、踏实、精益求精。工匠不一定都能成为企业家，但大凡成功企业家身上一定具有这种工匠精神。

　　遗憾的是后来"文革"开始，停工闹革命。古砖瓦研究所被列为"破四旧立四新"的对象，首当其冲，接着整个研究所就地被解散，尤师傅等人统统被打入牛棚，直至退休……

　　听着尤师傅有点竹篮打水一场空的回忆，我马上联系这次故宫任务，对大家说道："今天我们重整旗鼓，可以说是为了实现尤师傅的梦，厂里派陈总工程师挂帅，请尤师傅及各位出山，我们一起为故宫仿制生产古砖瓦，再现中国秦砖汉瓦的辉煌。"

　　尤师傅把衣袖一撸，说：

　　"干！"

　　陈总工程师马上下达了动员令："先辈们的手艺不能在我们这代人手上失传，我们要用工匠精神武装自己，下定决心，排除万难，早日研制出故宫所需的古砖瓦，质量和外观都要达到最高标准。"

　　不是吗？现在我终于明白了，原来工匠精神就是要求企业如同工匠一样，琢磨自己的产品，精益求精，经得起市场的考验和推敲。

　　在这里，工匠精神不是口号，它存在于每一个人身上、心中。长久以来，正是由于缺乏对精品的坚持、追求和积累，才使我们的个人成长之路崎岖坎坷，发展之途充满荆棘；也使持久创新变得异常艰难，更使基业长青成为凤毛麟角。

　　所以，在资源日渐匮乏的后成长时代，重提工匠精神、重塑工匠精神，看来应该是企业生存、发展的必经之路。

　　在现在这个"商人精神"渐进横行的年代，说这样的话，人们都能理解，因为企业的核心因素是人，而脱离这种困境的途径是培养企业的"工匠精神"。工匠不断雕琢自己的产品，不断改善自己的工艺，他们在享受产品在手里升华的过程。

　　可是在企业荒的年代，那时人们想得更多的是赚快钱，能脚踏实地做事的人有多少？而工匠精神有利于企业走出当下"圈钱—做出某款产品—出新品—圈钱"的怪圈。

用一生去踏踏实实地做好一件事，使一件产品精致得像艺术品。打造"工匠精神"的企业从另一方面满足自己的精神需求，看着自己的产品在不断改进、不断完善，最终以一种符合自己严格要求的形式存在……

想到这些，我提出在我们企业重塑"工匠精神"的做法。这时尤师傅补充说，工匠精神应该还有四个境界：

一个是千里之行，始于足下。做什么事情都应该是踏踏实实的。

一个是乐之不如好之。你做这个事情不如你真正喜欢这个事情。

一个是衣带渐宽终不悔，为伊消得人憔悴。在工作中达到忘我的状态。

一个是逍遥游，游于艺。我们今天谈工匠精神不仅仅是坚守，而是在择一事、守一生的基础上，达到逍遥游的境界，去创新，推进事物的发展。

听着老师傅天南海北的神聊，我顿悟，中国很多企业的产品质量为什么搞不好？原因虽然很多，但最终可以归结到一个方面上来，就是做事缺乏严谨的工匠精神。

中国的产品质量不如国外的重要原因之一就是人家做事比我们更严谨，更具有工匠精神。

后来我给工匠精神下了这样一个定义："一个是热爱你所做的事，胜过爱这些事给你带来的钱；一个是精益求精，精雕细琢。精益管理就是精与益两个字。"

在工匠的概念里，把工艺从百分之六十提高到百分之九十九，和从百分之九十九提高到百分之九十九点九九是一个概念。

他们不跟别人较劲，跟自己较劲。

此刻，我脑洞大开，一下子找到了自己企业应该发展的方向。

这时我心里有了一张企业未来发展的雄伟蓝图：

我的企业的未来，应该是中国新型建材的制造基地，是中国秦砖汉瓦的研究中心，是中国传统建材转型升级的试验田……

第十章 抢人

望着眼前一片残垣断壁，杂草丛生，要不是眼见为实，谁能想到几个月前，这里还是江南一个风生水起的工业区呢。

当然，谁都没有想到一夜之间，在我们南下开展的一场打击假冒伪劣的专项行动中，这里所有的繁华都化为泡影，毁于一旦。

今天当我再次跨进这个工业区时，望着眼前一片狼藉，一种罪恶感油然而生，此时我感觉自己就像一个沾满乡镇企业鲜血的刽子手。

自参加了那次专项行动后，这几个月我半夜时不时被噩梦惊醒，总觉得自己罪大恶极⋯⋯

现在，我双膝跪地，向着眼前大地上的企业悲泣，我的眼泪止不住流了下来。我知道再多的泪水也难以洗清自己的恶迹⋯⋯

这次来之前，我就盘算好了，企业砖瓦产能转移的首选地，应该是这个乡镇工业区。当然这个计划，我还没有公开。

但在我选择的路线敲定后，谢秘书在第一时间就提出反对：

"要去江南那个山区的乡镇工业区？早知今日，何必当初。"

这也难怪，谢秘书提出反对并没有错，人们不是常说"好马不吃回头草"吗？

确实，毕竟中国的乡镇企业千千万万，一家省属国营企业的那点产能，随便到什么地方都可以安放。

但省城大学的美女老师却认为知错能改，善莫大焉。既然你在一个错误的时间，跑到一个错误的地方，干了一件错误的事情，今天能有改正这个错误的机会，就一定要把握住。

而我想得比较单纯。也许这个时候，你拉人家一把，相信人家滴水之恩，定当涌泉相报，同时也更有利于我们企业产能转移落地……

美女老师还为我们举了一个极端的例子。战争年代，我们共产党与国民党是仇人相见，势不两立；如今和平时期，我们共产党与国民党仍要政治互信，和平发展。

哈哈，有这样的比喻吗？美女老师的话，让我茅塞顿开。

这不，一踏上这片工业区，我情感的天平，立马倾向了乡镇企业这一当时的弱者。

就在这个工业区内，如果将时间向前推两年，1982 年，独自走南闯北的吴一荣，因孩子生病火急火燎跑回家。这时当地正在轰轰烈烈地开展"打击投机倒把"行动，早已将吴一荣列入黑名单，现在他回家等于是自投罗网。

就在准备对他实施抓捕的前一天晚上，一名乡镇干部骑自行车路过吴一荣家门口，敲开他家的门。

此时，吴一荣刚到医院安顿好孩子，回家洗干净自己身上的臭汗，一路奔波累坏了，倒头就睡。

半夜听到有人敲门，他光着上身，拎着短裤就开门，还未看清那人面孔，那人小声留下一句话：

"不行喽，要下大雨了！"

说完话那人就骑车消逝在夜幕中。吴一荣立刻心领神会，回头只与老婆抱了抱，安慰了一句：

"留得青山在，别怕没柴烧。"

老婆文化不高，但也是个明白人，马上帮吴一荣从夹鞋样的书中找到几斤粮票，打发他赶紧逃离。

吴一荣这一走，直奔东北，跑到小说《林海雪原》中的老窝——夹皮沟，直到这年底在开明的乡镇干部的担保下，才得以免灾。

作为当地乡镇企业发展的主要推动者和见证者，回到家他摇身一变成为这个社办企业区内的建筑包工头。确切地说，他当时还不是一个乡镇企业厂长。

但是那场大火，结束了这里蒸蒸日上的日子。年初刚刚取消社办企业的称呼，转身才挂上当时最时髦的乡镇企业工业区的牌子，好像挂好没几天就彻底偃旗息鼓了。

20 世纪 80 年代初期，改革开放的大潮席卷中国大地，从中央到地方都在提倡大力发展乡镇企业。这里亦不例外，乡里和县里的领导要求他们除了发展好自家产业外，还要"吃着碗里的，看着锅里的，想着外面的"，为乡镇物色好的工业项目。

1983 年春，出差到苏南学习社办企业经验的吴一荣，在与朋友的闲聊中，把县乡领导要求他们为乡里物色工业项目的事告诉了朋友们，请朋友们帮忙找些好的项目。

其中一个朋友问他，有一批建筑材料的业务，愿不愿意做。吴一荣觉得建筑材料生意做不大，不愿意做。

于是，朋友开玩笑说："莫非你还想做建筑材料制造？"

吴一荣随口说道："要是能请到技术人员，当然想做了。但一时半会儿到哪儿能挖到人才。"

后来有人弄来一套某省属建材企业产品制造图纸，吴一荣望着这些图纸似懂非懂，但知道这就是他们要找的项目。所以，经过几番讨价还价，如获至宝，花大价钱将所有图纸买到手。

把一大捆图纸拿回家，县乡领导骂吴一荣疯了。

再请专家把脉，才知这些是宝贝。当时领导也急于求成，立即在这里划出一片土地，动员全县技术力量，很快在这里复制建设了从建材一厂到建材十厂等十家社办企业。

考虑到许多建材产品生产涉及上下游产品配套，所以这样一个个社办企业，集聚在了一起。为了减少负面影响，最初对外称之为社办企业区。

由于完全是照葫芦画瓢地简单复制，整个社办企业区几个月的时间内，就已经建成投产。当年建成、当年投产、当年收益，当年收回了企业投资成本，成为当地社办企业的一面旗帜。

后来有一天，吴一荣与我说话时，一直充满自豪感，但最后还是一声长叹：

"没想到好景不长。当那天得知有人包围了乡镇工业区时，我有一种死到临头的感觉。庆幸一场大火，将所有罪恶化为乌有……"

"那把火到底是天灾，还是人祸？"

"是地地道道的天灾！"

吴一荣非常认真地答道："主要是在建厂时，为了节省投资，电力线路设计标准明显偏低。加之，厂子一直又是满负荷生产，加速了线路老化。当晚风特别大，造成线路搭线短路，大电流产生强烈的电弧，借着风势，迅速引发了灭顶火灾……"

我沉默许久，若有所思地说道：

"也许这就是天意吧。"

而吴一荣说到这里时，声音早已沙哑，哽咽道：

"又是老天,将我们从地狱口——拽了回来!"

我安慰他说:"没那么可怕!希望兄弟从哪里倒下的,还能从哪里站起来!"

我极力安抚他,可他不相信这事能这么简单就过去,长叹了一口气说:

"没有机会了,没有机会了!"

这时他又告诉了我一个惊人的消息,说在乡镇工业区挂帅的县领导,在那次火灾后的第七天,跳楼自杀了,留下的遗言是:"我们的乡镇企业都死了,'头七'到了,我还好意思活着?"

我就在想,我虽没有见到那种惨烈,但我从吴厂长悲哀的脸上,读懂了人即便是再渺小或脆弱,人性的光芒谁也无法阻挡……

在那个混沌的年代,别说乡镇企业,即便是国营企业,长期以来,在用地供求矛盾尖锐和资源紧缺的东南沿海地区,土地指标通常优先用于保障重大基础设施、民生工程和"大、好、高"项目,一般企业基本上无法从政府那里获得土地,严重制约了企业发展。

那时办企业是摸着石头过河。好在,吴一荣舍不得让自己的那点自留地"抛荒",在原本是一座废弃矿山的基础上,好不容易规划建设出乡镇企业工业区项目,本身就值得其他地方借鉴。

这些情况我是后来才知道的,更加剧了我的内疚自责。所以我让人马上找回吴一荣,诚恳地说:

"老吴,今天我们不是来秋后算账,我是真心诚意想将我们国营企业部分过剩的产能,转型升级到你们这里,实现国营、乡镇企业双赢!"

吴一荣听到这里哈哈大笑起来:

"我相信中国人那句俗语，狗嘴里吐不出象牙！"

我"呵"的一声惊叹。

吴一荣的话让我出乎意料，我可以理解，但没想到我无论如何解释，吴厂长根本不相信我：

"兄弟，你千万别在哥面前忽悠了，我们贫下中农已经在过去吃了地主一遍苦，绝不会再吃你们的二遍苦，再受二茬罪。"

顿时，我觉得天昏地暗，什么国营企业，什么厅局级企业，在一个什么都不是的乡镇企业面前，怎么被人家说得一钱不值？此刻，我宁可被他们骂得体无完肤，甚至被他们暴打一顿，也不愿这样被他们数落。遭遇如此冷嘲热讽，真的有时会让人感到生不如死……

可能怒火攻心，我无意识地一拳向吴一荣身上砸过去：

"混蛋，你不就是一个包工头吗！"

吴一荣没有想到我出手如此之快。当然，吴厂长不是一个省油的灯，也一拳挥过来：

"你才是混蛋呢！你以为你们国营企业是什么，你还不如我这个包工头潇洒自在。"

我感觉他的话比刀还锋利，深深地扎进我的心。我知道，我不是他的对手，只是忠告了他一句：

"千万不要一朝遭蛇咬，十年怕井绳。"

吴一荣一阵苦笑，这才抬头问我：

"你打算将什么产品转移给我们乡镇企业？"

我说："建筑材料中最低级的产品——砖瓦。"

他直截了当地说："如果说，砖瓦是国营企业的低级产品，那么对我们乡镇企业就是高级产品。但我不光要你们的产品，我更要你们的人才。"

我没想到吴一荣胃口这么大，向他诉苦：

"与你们联营合作，我已经冒天下之大不韪。对于人才，我们现有体制可能谁都无法突破。"

吴一荣装傻说："我们是泥腿子出身，不懂你们国营企业啥规矩。如今乡镇企业缺人才比缺产品更急煞人！"

"按你的意思？"

"给人！"

"怎么给法？"

"每一百万产值，给我搭配一个工程师！"

"要知道我们国营大型企业，压根也没有几个工程师。"

"要知道我们是一个白手起家的乡镇企业，没有工程师我们就没法接你的产能。"

"我可以派工程师到现场指导，但人不能归你。"

"你先派人，到时他愿意跟着谁，谁都别挡道！"

"呵……"

我知道，今天是秀才遇到兵，有理说不清！

我急切地说道："这样吧！我们先谈产能合作，再开价谈人才。"

想不到谁都看不上眼的乡镇企业，敢与一个财大气粗的国营企业叫板，这让我想起之前政府打击假冒伪劣产品的行动，如果不是那么一把火，想必他们乡镇企业，早就骑到我们国营企业头上了。

不可否认，面前这个吴一荣不同寻常，今天他以为自己可以稳操胜券，但我心里还是有底的，我们可是堂堂省属国营企业呀！

我见他如此滑稽的鬼样，心想我也不是吃素的，岂能让人家随意挖走我的人才。对此，我心里已经有了自己的计划……

之后，意想不到的事还是发生了，我派到乡镇企业协作办厂的四名工程技术人员，不到两个月的时间，全部被吴一荣"招降"！

为了避免事态扩大，厂党委立刻派出王广舟副书记，全权处理这件事。一开始他就给这件事定了调子：

"这是典型的挖社会主义墙脚！"

表面上看，王广舟是对着吴一荣说的，但骨子里是冲着我来的，现在他要抓住一切机会，舍得一身剐，也要把我拉下马……

什么叫招降？

这个词语的意思是招使敌方投降。为发展乡镇企业，吴一荣以万元"安家费"和比原来高三倍工资的条件，说服了我从企业派遣过去指导的四名工程技术人员。

作为乡镇企业发展的主要推动者和见证者，吴一荣当时的身份确切说是这个工业区内的建筑包工头，还算不上是乡镇企业的厂长，但人们习惯把他往上叫，说者顺口，听者舒心。

我急着把国营企业产能扩散出去，而吴一荣急切地要为乡镇企业物色项目，就这样，一个愿买一个愿卖，两个人臭味相投。

开始我问他："有一批建筑材料的业务，愿不愿意做？"

吴一荣觉得仅加工生产建筑材料，既辛苦又难做大：

"不愿意做！"

于是，我开玩笑说："莫非你还想做大建材？"

吴一荣随口说道："要是能请到技术人员，当然想自己做。"

我们谈妥，先将国营企业的传统建材扩散过来，如果生产情况良好，再将部分新型建材生产转移过来。

就这样，吴一荣一边请我帮忙从企业中物色技术人员，一边着手对国内的建材市场进行认真细致的调研。

　　调研发现，新型建材生产方面，当时全国仅有四家企业，分别位于北京、上海、广州和浙江，清一色的国营企业。在市场方面，上海规定要凭票购买建材产品，浙江全省每年按照计划分到的建材只能造不到一万平方米的大楼，根本满足不了民众日趋庞大的需求。

　　很快，我从厂里挑出老家是南方山城而且愿意短时间回故乡工作的技术骨干。

　　得到这个信息后，吴一荣立即把自己的想法向乡里分管乡镇企业的经济委员会主任进行了汇报，得到乡里支持后，他们又马不停蹄一起找到县委书记，进行了详细汇报。县委书记当即表示支持。在当时，之所以大力发展乡镇企业，除了发展壮大集体经济外，还有一个重要的原因是解决群众就业问题。

　　县委书记拍着吴一荣肩膀说："这个项目很好！一是投资不大，二是朝阳产业，三是劳动密集型。"

　　在谈这个项目前，我曾到该县档案馆查阅当地县志，了解到乡（村）镇工业的情况：

　　1958年大办工业时，全县有社办企业二百零七家，职工一万五千多人。次年经调整，绝大部分"下马"，仅保留为农业生产服务的铁木竹、农产品加工及砖瓦、石灰等工厂六十六家，职工三千八百四十八人。

　　1968年后，为安排大批城镇知识青年下乡，推行"厂社挂钩"，社镇工业数量开始回升。1975年增至一百三十家，职工五千零一十九人，年产值一千二百九十四万元。此后，在国家低息低税政策扶持下，社镇工业进一步发展。

　　1978年，增加到一百五十五家，职工八千二百四十二人，年产值二千四百六十六万元。次年，农村中大批富余劳力转入社镇工业，各地兴办一批市场急需、适销对路的轻纺、建材和农副产品加工工业。

1980 年，全县有社镇工业六百九十二家，职工一万二千九百二十人，年产值五千四百二十七万元。此后各地采取"劳务投资""带资进厂""入股分红"等多种形式、多种渠道办厂。

1983 年，乡镇工业发展到一千零二十三家，固定资产八千六百三十七万元，年产值二亿四千多万，占全县工业总产值的百分之四十二，其中十家企业产值超千万元，八家企业利润超百万元。有丝绸、建材、电子、电器、纺织、化工、食品、机械、造纸、印刷、服装、鞋帽、木材加工、矿产及电力等行业六十余个。

......

可见，江南这个县的工业基础还是很不错的。吴一荣得到县里的支持后，立刻北上直接找到我们厂，在老乡朋友的安排下，偷偷地与几名本地籍的工程技术人员见了面。

经过几次接触，最后共有四名工程技术人员愿意到老家工作，乡镇企业方面承诺给予他们优厚的条件，除了解决住房和三倍工资外，还一次性付给每人一万元的生活补助金。

万事俱备，只欠东风，吴一荣拿着一个名单找到我：

"大厂长，是不是将我的这几位老乡，派到我们乡镇企业？"

我看了名单后，感到这几个人在企业表现一般，将他们派到乡镇企业去，真的无伤大雅，只是担忧地说道：

"怕就怕他们不愿意去。"

吴一荣见我没有反对，心头一喜：

"支持家乡建设，他们的思想工作，我们来做！"

这事我也没有多想，既然人家乡镇企业如此主动，我当然愿意成人之美……

而在吴一荣看来，这些技术人员之所以愿意来乡镇企业工作，除了原工厂工资低外，还因为他们没有文凭，受到了一些不公正的待遇，如无法评职称等。其中一人的家属还一直在老家农村，长期两地分居。

到国营企业挖人才，对乡镇企业来说，成本不菲。当时国营企业职工每月的工资只有七十五元，光是一万元的生活补助金，就相当于额外提前给他们支付了十年的工资。再加上住房和三倍工资，真的是蛮有吸引力的。

为了消除四名技术人员的顾虑，以及表示对他们的尊重，吴一荣以乡镇经济委员会的名义，与他们签订了聘用合同，还请当地的县公证处进行了公证。

四位技术人员感到这事万无一失，吴一荣也觉得这事做得十分漂亮，万分牢靠。他怕夜长梦多，马上以加快国营与乡镇联营为名，借了一辆面包车，把这四名技术人员从我们厂接到家乡。

当天正好是星期天，吴一荣他们一户一户上门去接人，并没发生什么事。第二天上班，我在办公室桌子上见到四人的辞职信后，发现人没来上班，宿舍也没人，立即向省属主管厅局做了汇报，并在他们的组织下，派人到吴一荣乡镇企业的省级主管部门，让有关部门给吴一荣所在县政府打电话，要求他们尽快把人送回我们厂。但县里出于地方保护，没有理睬我们。此后，迫于我厂的压力，当地有关方面还带着我们的人亲自到吴一荣的乡镇企业寻找，但提前得到消息的吴一荣，早已把这四人藏匿到了汽车都不能到达的村子里，最后只能无功而返。

最终，此事惊动了两省的高层。正值两省省长在北京开会，我省省长专门就此事找到对方省长，要求他们把人尽快送回。对方省长没有当场答应，仅是让省政府通知吴一荣所在的行署，让他们尽快把人送回。

正在主持召开全省市委书记会议的省委书记听到地委书记汇报后并没有简单地通知放人，而是就此事征求大家的意见。当地一市委书记认为不能送回去："他们那里要走了我们多少制茶师傅，我们也没要求他们送回来，我们要他几个建材师傅，为什么就得送回去？"

作为发达地区的老大哥，贫困地区的乡镇企业挖走我们的人，还要不回来，这让我们企业所在地的领导感觉很没面子。

没多久，中央新闻单位主办的一家报纸，在头版以《许以万金，挖走关键技术人员；人心思"走"，危及新型建材正常生产》为题，对吴一荣的乡镇企业，以万元"安家费"和三倍高工资私下与我厂的技术人员签订协议一事进行了公开报道。

三天后，我们省内的一家大报，同样在头版显著位置发表了《这样的人才交流是否合理？——省建材总厂王广舟副书记的来信》，指责"江南一乡镇企业挖走该厂四名技术骨干"。在这封信的旁边，还配以《省级部门会议提出，人才交流要防止自由流动》的报道。次日，我省另一家经济日报发表了该报记者文章《建议与呼声》，对重金挖人予以批评。

事已至此，江南那里的省委、省政府领导不得不高度重视。在省委书记、省长先后作出批示"认真调查此事"后，当地一大报又派出两名记者对这一事件的来龙去脉进行了深入调查，认为四名技术人员从沿海发达地区流向欠发达地区的乡镇企业是合理的、正确的，不应当指责刁难，而应当鼓励提倡，并将调查材料通过相关渠道送给中央和有关部委领导。

此后，受国务院领导指派，国务院政研室派出工作人员到当地调研，认为欠发达地区企业更有解决技术难题的需求，工程师可以在星期天（即休息日，当时一周工作六天）帮助他们解决困难。至此，这场惊动全国的争夺人才"官司"才基本结束。

然而即便如此，王广舟副书记对此也没有完全放弃。出走的四名技术人员中的一位是中共党员，不久他以厂党委的名义，对其作出了开除党籍的处理。

对此，吴一荣先是以乡镇企业党支部名义，给我厂党委书记写信，要求我厂恢复该技术人员的党籍，被我厂拒绝。之后，又写信给我厂所属的省级主管部门党组书记，但石沉大海。

吴一荣就此事向县委汇报，半个月后县委就此专门召开会议，决定按《中国共产党章程》的规定，由乡镇企业所在的乡党委按共产党员标准，重新吸收该工程技术人员入党，让他安心工作，发挥作用。

要是事先我们有剧本，这场改革大戏的主角早已内定好，必须属于国营企业。而当改革大幕徐徐拉开，国营企业自身体制机制上的问题开始显现，那些长期被计划经济体制边缘化的角色和群体，直接登上舞台，抢了主角的戏，扮演起推动中国市场转型的先锋角色。这个群体中，包括吴一荣这类包工头，以及其他被边缘化的人群，在这场自下而上的"边缘革命"中，迸发出了巨大的能量和惊人的创造力。

吴一荣成功导演的一场不同性质企业之间，盛况空前的"人才大战"，某种程度上不亚于一场战争，一场没有硝烟的战争。

历经风雨的四名工程技术人员一夜成名，现在对他们来说已经是"开弓没有回头箭"，好在他们没有辜负父老乡亲的希望，在短短的几个月时间，就在原来废弃的矿山上，打造出了"中国南方首家建筑材料基地"。

"泥腿子"洗脚上田，办起了乡镇企业，一开始就显现出超越国营企业的活力，当时个体户和创业者的增多，又较国营企业的改革更能给城市带来活力。

市场经济，千回百转，三十年河东，三十年河西，终于又回到了这片古老的土地上……

中国改革总设计师邓小平同志后来承认，在农村改革中，乡镇企业的崛起，是他"完全没有预料到的最大的收获"。在评价乡镇企业的表现时，邓小平使用了一个成语——"异军突起"。

就在吴一荣得到当地省政府给予乡镇企业的功勋奖章时，王广舟正在他们厂，听到这个消息，顿时怒不可遏，指着吴一荣的鼻子大骂：

"什么功勋？你是靠'挖社会主义墙脚'成功的王八蛋。"

"王副书记，我看你才是地地道道的王八蛋。"吴一荣朝王广舟一脸坏笑地说，气得王广舟直跺脚。

王广舟抬起手臂，对吴一荣做了一个暴力倾向的动作：

"当心老子抽死你！"

"呸！请你弄清楚，乡镇企业赚的钱，和国营企业一样都是交给国家的。"

吴一荣说完这话，对王副书记鄙视地一笑，肩膀一甩，扬长而去。

本来王广舟是代表厂党委来处理这件事的，现在反在吴一荣的乡镇企业碰了一鼻子灰，他觉得这样太丢人了，而就这样不明不白回去，也无法向厂党委交代。

这时王广舟开始盘算一个坏主意。他决定把对吴一荣所有的气，都朝着我的身上发泄过来，说我是"挖社会主义墙脚"的幕后总导演。

最后他还在我面前说了一句："厂长，对不起你啊，这既是对你负责，也是对组织负责，我要提议尽快罢免掉你现任厂长的职务。"

罗列的具体罪状有——

好端端的国营大企业，你为什么要把产能向乡镇企业转移；

乡镇企业开始就要挖人才，你为什么不阻止，默认就是纵容；

人家跑到我们企业挑人，你为什么照单收下，竟然同意放人……

你这是十足的出卖国营企业，造成了国有资产严重流失！

这仿佛几座大山向我头上压过来，我开始冷静下来思考，什么叫挖墙脚？要知道在那个时代，挖社会主义墙脚，那是多么可怕的罪名。

我在党委会议上承认："这件事的处理上，我有过失。但说我是挖社会主义墙脚，这显然是乱扣帽子、乱打棍子！"

王广舟似一个胜利者，朝我呵呵冷笑。

我像被押上刑场的罪犯，做最后的申辩：

"如果说国营企业是正规军，那些乡镇企业充其量不过是游击队，它们没有原材料，没有技术和熟练工人，也没有银行贷款，甚至没有销售渠道，备受社会歧视。"

我把话题一转："我知道在座多数祖籍或故乡都在农村，家不在农村的也一定有自己的亲戚朋友在那里，当你们的父母、你们的兄弟、你们的亲戚，望穿秋水期盼我们国营企业帮他们一把时，我们能否发扬一下我们工人老大哥的精神呢？"

没有人回答我，大家都沉默无语，看来多数还是认可我的话，被我的话打动……

最终，王广舟的建议被党委会否决。之后，他仍然不服气，独自跑到企业主管部门，向厅党委告我的状，结果被厅长训斥了一通：

"你们厂长及时开拓古砖瓦生产，今年一下拿进了一个亿的订单。现在将砖瓦生产产能逐步转移到乡镇，这个主意是我最早提出来的，预计到年底，企业就可以全部收回投资成本。"

……

这事我是后来从谢秘书那里听来的。有时我很纳闷，大家都知道我跟谢秘书是恋人关系，为什么王广舟仍将自己的所作所为不断告诉谢秘书呢？

他这是讨好她，还是故意在她面前挑拨我们之间的关系？

其实，谢秘书与他的关系，我开始就觉得很蹊跷，但心中一直放不下一个人。什么时候能救出厂医，什么时候就是我与她摊牌之时……

第十一章　盖世英雄

当"挖社会主义墙脚"的风波渐渐平息，我的内心并没有觉得可以丝毫放松。

因为问题的根源找不到，得不到根治，再好的企业，或者是再好的人，早晚都会重蹈覆辙……

谁都知道，一切的问题，都是体制造成的！

在参加省属企业厂长经理研究会议期间，厂长经理们私下交流时，个个怨声载道，大家都同病相怜。

"一个个国营企业，都被现行体制的条条框框捆住了手脚，企业只有压力，没有动力，更谈不上活力……"

大家一致推荐我执笔，给省委书记、省长写了一封联名信。

我觉得这不是用墨水，而是蘸着生命的鲜血在书写。

当时厂长经理们要求"松绑"的权力主要有——

在人事权上，企业管理干部除厂正职由上级任命，副职由厂长提名，上级考核任命外，其余干部统统由企业自行任免，上级部门不得干预。干部破除终身制和"铁交椅"，实行职务浮动，真正做到能上能下，能"干"能"工"。

在财权上，企业提取的奖励基金由企业自己支配使用，有关部门不得干涉。奖金随着税利增减而浮动，不封顶，不保底。企业内部可根据自身实际情况，实行诸如浮动工资、浮动升级、职务补贴、岗位补贴等多种形式的工资制度和奖惩办法。

在企业自营权上，在完成国家计划指标的情况下，企业自己组织原材料所增产的产品，允许企业自销和开展协作，价格允许"高进高出""低来低去"。

……

我一气呵成，写到痛处时，心潮澎湃，但仍努力谨慎措辞，实事求是。

没有想到，这个异乎寻常的大胆行为，会因真心的情感打动了省委书记和省长。

隔日，省报的头版头条，竟一字不漏刊登出来，当时我也吃不准这是祸还是福。当日，省委组织部就拿着报纸召集我们几个厂长经理代表研究商量，在企业人事任免、干部制度改革、厂长权力三个方面，要给我们企业"松绑放权"。

一周后，《人民日报》在第二版头条显著位置，还报道了我们这批厂长经理呼吁"松绑放权"的消息，并配发了相关的"编者按"，对有关部门的重视呼吁，大加赞赏。

随后，全国各地报纸纷纷转载并评论，"松绑"新闻演变成了一个全国性的事件。它是中国企业家破天荒第一次，就经营者的自主权，向资本方的政府部门提出公开的呼吁与诉求。也许是这种声音被压抑得太久太久，所以会翻天覆地引发全国性的共鸣。

随着政府给企业自主权力度的加大，外资进入中国的热情，也开始被点燃。通过利用外资，我们可以直接学习人家好的理念、好的技术、好的设计和好的制度，从而快速提升我们国内企业的发展水平……

1984 年，松下幸之助来到中国，作为 20 世纪最成功的企业家之一，他的管理思想在中国备受推崇。但此行并非仅仅传播他的思想，更多的是为了推销他那些刚刚从日本工厂生产出的产能过剩的产品。

结合我国企业建筑材料生产，我首选将企业产品延伸到住宅设备。这样，我第一眼就相中了他带来的智能坐便器。这个产品，日本自 1979 年正式研制成功，我们这个时候引进中国，从技术上已经完全成熟。

我感兴趣的是，中国有十多亿的消费者，而且这个产品智能化程度高，如加热，电热圈起作用，以前人们还用布圈护垫。又如，冲水加热，通过喷嘴喷淋，分男性和女性两种，还有按摩清洗；可控制水流强弱，前后移动；另有除臭、烘干、抗菌等辅助功能。

当然，也有人指着我的鼻子骂道：

"这是修正主义的东西，拉屎还得这样享受？"

我与他们不一样的结论是："我看到的是今后中国这一大市场。"

那天，我与松下幸之助在省城匆匆一别，望着他离去的背影，我对这位松下公司的创始人肃然起敬……

谁都知道，20 世纪初，电能的应用在世界不少国家已经开始普及。毫无疑问，电的出现与应用，也给日本带来了光明的前景，比如，大阪市开始开通电车。

这时，松下幸之助尽管只有十多岁，但他看到了电气的未来。松下幸之助之所以会有这个想法，是因为当时他正在一家自行车店上班，他单纯地认为，有了电车后，自行车的需求就会减少。于是，他决定改变自己的人生轨迹，投身电气业。

　　松下幸之助以一个青年对未来的大胆想象，把自己的事业定位在电气上，求姐夫帮忙去刚刚成立不久的电灯公司工作。然而，自行车店的老板对他非常好，使他无法面对老板说出离开的理由。于是，松下幸之助采取了一个孩子气的做法，即偷偷离开。可以想见，年轻的松下幸之助这时已经遇到了人生常见的矛盾。他对未来的理想和信念，支持着自己的追求；而对老板的信任和关怀，又使他难以启齿告别。正是这种憧憬未来的坚定信念和无法割舍的丰富情感，成为后来松下事业的主旋律。

　　离开自行车店的松下幸之助，由于各种原因并未如愿立即到电灯公司上班。他开始在姐夫工作的水泥厂打零工，干起了劳动强度非常大的水泥搬运工。这三个月，他承受了以前从来没有过的重体力活的磨炼，使他对生活的艰辛有了刻骨铭心的感受。

　　三个月后，他终于被招进电灯公司，成为一个室内布线的电工助手。松下幸之助之前受过的磨炼，使他很快就在这个行当中脱颖而出。又过去三个月，他竟然由助手提升为工头。松下幸之助后来的回忆中对此不无得意，强调这种提升属于特例。因为日本是一个等级森严的国家，工头和助手之间的距离，不亚于主人和仆人。比如说，干完工作，助手马上要给工头打水洗手，甚至工头的木屐坏了，也要交给助手去修理。

　　日本这种独有的社会等级，给松下幸之助打下了深刻的思想烙印。从被人吆三喝四的水泥搬运工，到颐指气使的电工工头，松下幸之助从中既看到了日本企业经营的特色，又看到了其中蕴含的问题。

　　后来，他又被提升为电灯公司的检查员，每天巡视十多个工作项目。但他对这种受到别人羡慕的监控工作并没有多大热情，而是对自己的工作成就十分看重。自己安装的海水浴场彩灯，剧院中耀眼的照明设施，给松下幸之助带来了强烈的满足感。

这个时候，他同井植梅野结婚，也开始考虑独立创业。这就是"松下电器"创始人最初的创业故事，也是被誉为"经营之神"的松下幸之助跨出的重要一步。

那一年，松下幸之助二十四岁。他在大阪建立了"松下电气器具制作所"。当时的环境很艰苦，但松下幸之助带领制作所员工一同努力、创新，连续推出了先进的配线器具、炮弹形电池灯、电熨斗、无故障收音机、电子管、真空管等一个又一个成功的产品，七年之后，松下幸之助成了日本收入最高的人。

二战之前，日本正遭受严重的经济危机，百业凋敝，松下幸之助却鼓励消费，用消费刺激经济的复苏，并买了一辆汽车，这在当时并不多见。那时在日本各行各业经营萧条冷清的情况下，松下幸之助的制作所却蒸蒸日上，销售额持续增长。从 1925 年到 1984 年的六十年中，有十年他的收入均为日本第一位，有六年居第二位……

我之所以不吝笔墨大谈松下幸之助的创业史，是因为他曾做过建材工作，作为同行自然更令人关注。而那时，作为一家没有多少技术含量的中国建材企业，想要和松下这样的巨头合作，有的人嘲笑我们根本没有能力引进像松下这样的世界级企业。

还有许多人包括王广舟，都想看我的笑话，说我是"癞蛤蟆想吃天鹅肉"，不知天高地厚。

当时对于招商引资，我们根本没有经验。不要说是引进世界五百强企业，就连引进国内的一些知名企业也很难。然而，建材人有一种坚强的事业信念，有一种坚韧不拔的意志，有一种永不疲倦的开拓精神，这就是勇于解放思想，敢闯敢干。

其实，要让这个世界巨头来中国一家省属建材企业落户谈何容易。不过，我深深懂得，你让人家来投资，就得有让人家生存发展的环境，就得让人家能赚到钱。

循着这样的思路，我首先考虑建立精简、高效的办事机制。在别的地方几个月甚至几年才能办完的项目，在我们这里就得有"一站式""一条龙"的服务体系。然后，我将砖瓦生产线压缩，为企业产品转型升级腾出发展的空间。

我要求招商团队除了加强投入，建设必要的硬件环境外，"走出去"招商，则是第一位的。也许，没有亲身经历过的人，不能切身体会我们企业那种为了招商敢闯敢拼的硬汉作风。

日本松下要在"长三角"寻找投资合作伙伴，上海、嘉兴、南通和杭州等地均被列入考察的重点。而我们的投资环境从软件到硬件，均比较薄弱，特别是外部交通环境较差。

那时，从日本东京到"长三角"，只有上海虹桥一个出入境机场。日本松下考察组到我们企业，通常是一大早乘上海航班，飞行一个多小时抵达我们企业。大约早上八点，我们接机后，就开始了一整天的紧张的考察洽谈工作。而晚上，日本客商还得乘当天的航班飞回上海。

在最初的大半年时间里，日本客商先后十几次来企业考察，每次从机场接机到晚上送客上机，大约需要十五个小时，每一个环节，我都努力安排得井井有条，让日商十分满意，也增加了来此投资的浓厚兴趣。

为了更好地推进这个项目，省主管厅局领导亲自挂帅，组团赴日本洽谈。那时，去日本东京，我们都是住在日中友好会馆的一家宾馆。这个宾馆设施简陋，房间狭小，里面只有一张单人小床，床与墙之间的距离不足一米，我的大箱子只有拿到走廊才能打开。住在这个宾馆的最大好处，就是费用符合出国补助标准，早餐能吃到中国口味的稀饭和小菜。

与日商谈判，白天到松下公司，白天谈不完，晚上回到宾馆继续。这个宾馆只有一个地下小会议室，那里是晚间谈判的最好场所，但它到夜间十二点就得关门。无奈，有好多次，我们只好到宾馆的门厅接着谈。每天晚上会谈结束，还得利用后半夜优惠的通信费时段，再向国内汇报当天的情况……

招商引资，这里还有一个故事，是酒文化引发的故事——

人们都知道，酒是商场的润滑剂。对外招商，酒是必不可少的礼仪。在觥筹交错之间，生意的成色自然也会加深。受中华文化影响的日本，自然也离不开酒文化的增色。

为了招商，我自认是"拼命三郎"，的确没少喝酒应酬，以至于患上了痛风的毛病，有时候发作起来真的是痛不欲生。有一次，去日本招商时，同去的团队中有两个病号，一个是高血压病人，另一个就是我这个痛风患者。为了招商，与日商谈判，同样离不开酒席上的觥筹交错。那位高血压病人提前向带队的省级厅局领导"申请"：

"我有个请求，如果今晚我在酒桌上'光荣'了，能否给我申报'烈士'？"

带队的领导回答说：

"可以！"

这时我也趁机"申请"说："领导，我有严重的痛风，我也有个请求，如果今晚我在酒桌上'光荣'了，能否也给我申报'烈士'？"

带队的领导回答说："不行！痛风不算病！"

滑稽的是，时隔不到半年，我与那位厅局领导出差时，他也出现了严重的痛风，痛不欲生，结果只能用轮椅和担架交替，好不容易才将他抬进飞机。

1984年的一天，松下公司派代表来到我厂考察。当天，在考察完之后，这位公司代表准备乘坐晚间八点航班，飞回上海。我提前得知，那天刚好是这位代表的生日。就在他即将登机的那一刻，我亲自向他送来了祝福生日的蛋糕，这让这位代表十分感动，以至于多少年后，他仍然记得这件快乐的小事。

招商之路，路漫漫其修远兮，自然也离不开创业者的艰难求索啊！也许精诚所至，金石为开。通过双方诚挚友好的沟通和考察谈判，松下公司的项目最终正式落户我们工厂……

说到这里，这让我想起前几年，当然这是后话。许多国人到日本旅游。一位知名财经作家的三个朋友，背回五个马桶盖，他便写了一篇关于这个现象的文章。

一时激起舆论狂潮，各大报纸头版头条发出国人在日本抢购马桶盖的消息，也把我们这个合作企业推上了风口浪尖。记者们蜂拥而至，几十家媒体一拨一拨到来，最多时车间里架起四部摄像机，全国几家电视台齐头并进，好不热闹。

现在已是经营企划部部长的原厂医，忙得嗓子都讲哑了也顾不上喝水。媒体铺天盖地、狂轰滥炸，最终引起了上层关注，国家部委和省厅官员也下来调查，为什么是国内生产，国人还去国外抢购往回背？这个现象的背后说明什么……

最后调查结果是：中国有这个能力制造智能化坐便器。经过这场风潮和宣传冲击波，国人增强了自信是一件好事，只要用心保证质量，做出品牌，就有市场。

日本智能马桶盖的热销，也引起了业界的反思。虽然因为日元贬值，中国人赴日旅行之余抢购日货早已不是什么新闻，但相比过去常见的化妆品、小家电，千里迢迢赶往日本抢购马桶盖的行为，确实还是令不少人吃惊了一把。

中国人为何要到日本抢购马桶盖？日本制造的产品到底比国货强在哪里？这种现象又给有志于令"中国制造"升级为"中国智造"的我们带来何种启示？

通常最便宜的智能马桶盖售价也在两千元上下，即使如此依然让中国民众趋之若鹜，可见其一定有与众不同之处。所谓的"高科技"成分，或许是其中重要的因素。目前最受中国游客喜爱的日本马桶盖，已经兼具了除臭、冲洗、烘干、抗菌等多种功能，更有甚者，还具备臀部私处按摩功效，并能够完美安装在所有型号的马桶之上。

企业不需要把产品做得太精细就能卖出去。但产品不光要做到高端化、智能化，还要做到精细化，这就需要用心去做。精细化需要技术密度高的装备，但其核心不光是技术，更是在于用心投入，它需要制造业从过去的粗放模式向集约模式转变。

在我看来，松下的经营哲学，也是一种生活美学。以智能马桶盖为例，谁能否认，这就是一次了不起的厕所革命呢？

在这里，松下的马桶盖之所以能够为最普通的消费者所认可，除了技术和理念的创新，更是松下经营哲学和企业文化的传承。

松下幸之助有一句名言：企业即人，成也在人，败也在人。

那位昔日的厂医，现在的企划部部长，他将人体器官需求与产品融为一体。记得早期的智能马桶盖喷水管是两根，很难达到严格的参数要求，于是，研发团队没日没夜地讨论、试验，最终以一根喷水管解决了参数不合格问题。

在松下，研发永远是最前沿的重要部门。现在仅中国基地，光设计马桶盖的研发人员，就超过四十人，而且全部是中国人。可以说，市场上销售的松下智能马桶盖，就是中国人设计、生产的。遗憾的是，松下是日本独资企业，所有商品设计的知识产权，自然也属于松下。

我永远不会忘记，松下幸之助这位受人尊敬的企业家，为松下公司制定了以下纲领："彻底尽到产业人的本分，为谋求社会生活的改善和向上，为世界文化的发展而做出贡献。"

而现在，松下人把这句话简释成：企业是社会的公器。

走进松下在我厂的生产流水线，人们在每一道工序的工位前认真观察了智能马桶盖的制造全过程，工人们基本上是站着手工接线装配、检验，工人们分别戴着红、蓝、白不同颜色的帽子，以区别不同职责，严谨地作业……

在时间中穿梭，我仿佛是一个侠客，有一点可以肯定，没有当初企业高起点有远见的魄力，就没有抢购马桶盖的故事。此时我有一种恍如隔世之感，现在回过头看看我们中国制造，谁还会再去日本背马桶盖子呢？

这是不是当时中国企业荒与人家田野的距离？

想到这里，我忍不住大笑起来。笑声打破了厂区宁静，迅速划破了天空，中国制造也开始惊醒这个地球……

第十二章　久居深闺

有意思的是，那天，我们从北京故宫签约出来，乘车前往国家主管建材部委时，司机开错了道，我见挂有中关村牌子的地方，干脆让司机停下车，歪打正着调研了一番。

我笑说："这叫偷师学艺！"

中关村这里，过去曾是一片荒凉的坟场，大多是太监的墓岗。因明清时期称太监为"中官"，所以这里被叫作"中官坟"。也有一说认为从明朝开始，太监多在此建庙宇和养老的庄园，也因当时人称太监为"中官"，故称此地为"中官屯"。

附近很多地名，据说都与太监有关。中关村东一站地叫保福寺，是明万历年间太监们在此集资兴建的，取福寿之意。20世纪30年代塌了一半，但仍有香火。后来保福寺变成了一所小学，北平解放前后，就只有几个老师和少量的学生。后来中国科学院在此建宿舍，大量的科研人员子弟无处上学，就把保福寺拆了，重新建新校舍，与保福寺小学合并，建立了中关村小学，就是现在的中关村一小。

20世纪80年代初，"下海"这个词迅速在中国大地上热了起来。特别是1984年，北京中关村里充满着躁动，一批批科技人员"下海"。当时的中关村已经有四十家科技企业，并在北京城里拥有了"电子一条街"的名声。那里产生了最出名的人，那里出现了最知名的公司，如"两通两海"——信通、四通、京海、科海，它们的创办人无一例外都是中科院的科研人员。

此时，我恍惚想到自己的企业，我们可否借鉴中关村的一些经验呢？

……

当然，从北京回到厂里，我思考得最多的事情，其实还是古砖瓦那些事儿。这些古砖瓦在故宫可谓"久居深闺"，用时下的流行语来形容，就是颜值高得没有朋友。

为什么颜值高了就会曲高和寡，或者成了孤家寡人呢？

这两天，尤师傅他们古砖瓦研究工作的一次次失败，让我望"砖"叹息。

本来秦汉时代，国力富强，砖瓦不只是一种建筑材料，而且还是一种艺术品，这才在那个时期盛行，也才有了之后"秦砖汉瓦"的名闻天下。

现在万万没想到的是，当我们与故宫有关部门确定了恢复古砖瓦生产的协议之后，迟迟没有等到成功复制生产的好消息，这让我对企业首次履约的前景，不能不担忧起来。

尤师傅可能高估了自己。当他们怀揣着对古砖瓦的一颗匠心拿起瓦刀时，叮叮当当的声音随着碎石被风吹散，古砖瓦的梦一次次在风口破灭了。

那段时间我天天守在所里，直到有一天，在古砖瓦研究所，尤师傅眼含热泪对我说：

"厂长，对不起了，我不敢再这样白烧企业的钱了。"

其实研制到节骨眼上，我就害怕人家最后对你两手一摊。这时我强颜欢笑说：

"革命尚未成功，同志仍须努力！"

尤师傅不好意思地说：

"我这'尤'姓，得改为忧伤的'忧'字。"

我愣了一下，后来明白了尤师傅的意思，立刻笑说：

"尤师傅的'尤'字，加一个人就是优秀的'优'字。"

尤师傅身穿蓝色工作服，手里拿着几块刚出窑的砖雕，他早已笑不起来。因为在同事眼里，他是当之无愧的"技术大佬"，但今天他不得不自嘲着说：

"看来人老了，弦儿也调不准了！"

谁都知道，在匠人的砖模中，砖雕在这里应该是建筑中的点睛之笔，这些砖雕，所雕的龙是中华民族的图腾，在宫殿建筑上亦是作为帝王的象征，在民间则作为神圣和喜庆的象征，被广泛地使用在寺庙、祠堂等建筑上。

遗憾的是，现在我在古砖瓦研究所中，没有见到什么惟妙惟肖，见到的反倒是一片狼藉与丑陋。

见到这些，我知道尤师傅比我还要着急难过，就关切地问他：

"事到如今，你有什么要求？"

尤师傅说："研究到了节骨眼上，看来必须请我的师傅出山。"

尤师傅所称的师傅，是古砖瓦研究所原所长，家住厂家属区，已经八十多岁了，我连忙答应道：

"这是应该的呀！"

接着就打发小车司机赶紧去接人。转眼司机就回来了，我们忙簇拥上去，结果小车里只出来司机一人，一脸沮丧地说：

"我刚才被老所长轰出来，还被骂得狗血喷头！"

我急忙问："为什么？"

司机委屈地说："我也不知道，隐约听他嘀咕了一句，让你们的厂长来找我！"

听到这里，我知道老所长的意图了，回头对其他人说：

"既然老所长点将了，那我去请吧。"

尤师傅马上拦住我："厂长你别去，我去请！"

我觉得很奇怪："为什么我不能去？"

尤师傅支支吾吾，想说又不敢说的模样，更让我着急了，最后他才吞吞吐吐说出原委：

"在'三反五反'时期，老所长的父亲因倒卖故宫文物，被镇压掉了，当时签发布告的公安局局长是你父亲。"

听到这里，我哈哈一笑：

"历史自有人民评说，许多责任我们后来人无法承当。"

我边说边拉住尤师傅："咱们一起去请老所长！"

很快来到家属区，有几幢苏式风格的住宅，尤师傅告诉我：

"这是 50 年代苏联老大哥支援我们留下的作品。"

这些砖混建筑，形式上典雅大方高阔端正，主建筑结构搭配了多个矗立上端的半圆形顶盖。这种建筑形式的最主要目的，就是一切以神为依归，塑造庄重典雅高尚的气氛，令信徒心生崇敬之感，百姓心生敬畏之情。

······

我们边走边聊，这时车到一幢房子门前，旁边站着一位拄着拐杖的老先生，尤师傅俯到我耳边说：

"他就是老所长！"

我疾步上前，自报家门后，说："老所长好！"

他向我"呵"了一声说："我耳朵有点背，你说什么？"

我又大声说："老所长好！"

老所长用手指着自己的徒弟问："他就是新厂长？"

"您猜对啦！"

老所长马上和蔼可亲地说："稀客，快请屋里坐！"

走进客厅，见正厅中央有一个牌位，上面有一张血气方刚、气宇轩昂的中年男子相片，我猜一定是老所长的父亲，就主动迎上去，向牌位鞠了一躬。

老所长突然泪水横流告诉我："改革开放后，父亲才平反昭雪。"

接着，他又从抽屉里翻出一张布告："这是当时对我父亲的判决书。"

我见下面是我父亲作为当时公安局局长的签名，我仔细揣摩了很长时间，才一声叹息道：

"好在历史是人民书写的。在这里，我代表我父亲向您道歉！"

我站起来，双脚并拢，向老所长深深地鞠了一躬。

老所长拉住我的手："过去的事就让它过去，我们还是要把握当下。"

没有想到老所长如此开明，我赶忙顺水推舟，说起故宫古砖瓦恢复性生产碰到的问题，诚恳地对他说：

"老所长，今天我们想请您出山。"

老所长明白了我们的来意，忙回答：

"都是一家人，千万别说两家话。"

出乎意料，老所长没有因为历史造成的冤假错案问题纠缠泄愤，很快淡然处之，立马让我肃然起敬。这时，老所长招呼我们赶紧坐下，又如数家珍讲起他与朋友合作的《秦砖瓦欣赏》讲义中的故事：

在秦始皇时期，我们制陶业的生产规模、烧制技术和质量，都有了很大发展。先秦时代的社会文化通过多种方式大量地表现在烧结的瓦当、空心砖、画像砖上，从而使这些烧结砖瓦超出了建筑材料的范畴，成为工艺品。

按工艺美术品的要求制砖，是秦始皇时期的一大创新。这是因为当时的砖瓦完全是为皇家的宫殿、别院、林苑建筑服务的。由中央左(右)司的专门机构按照严格的工艺质量要求监制，指定"大匠"营造。

据《资治通鉴·卷七》载："始皇帝下三十五年"，"始皇以为咸阳人多，先王之宫廷小，乃营作朝宫渭南上林苑中，先作前殿阿房，东西五百步，南北五十丈，上可坐万人，下可以建五丈旗，周驰为阁道，自殿下直抵南山，表南山之巅为阙。为複道，自阿房渡渭，以象天极阁道、绝汉抵营室也。隐宫、徒刑者七十余万人，乃分作阿房宫或作骊山。发北山石椁，楚蜀、荆地材，皆至；关中计宫三百，关外四百余。于是立石东海上朐界中，以为秦东门。因徙三万家骊邑，五万家云阳，皆复不事十岁"。

可见，砖瓦的需求是空前的。古史说："阿房宫覆压三百余里"，恐作妄言。考古人员在阿房宫前殿夯土台基之南，距台基南面三米处，发现一处完整的铺瓦秦代屋面遗存。这处遗存是前殿附属建筑，屋顶铺瓦，由西向东筒瓦存六行，板瓦存六行。筒瓦和板瓦紧密地连接在一起。阿房宫初显冰山一角，但尚留谜团，有待揭开，一是未发现瓦当；二是阿房宫并非毁于大火，其毁灭原因仍是一个谜。

诚然，中国史书《三秦记》中只有"始皇砌石起宇，名骊山汤"的片语只言，砖瓦在"覆压三百里"之阿房宫中派上什么用场，长期以来一直也是个谜。

值得庆幸的是，近年来文化考古学者发掘西安华清池内唐华清宫遗址时发现，唐文化层下，有堆积很厚的黑纹方砖，还发现被破坏较为严重的砖铺地面。这充分证明：秦代砖已较多地用于建筑。在秦始皇陵的遗址中，发现了多种条形铺地砖和曲尺砖。

秦代的砖主要由官营手工业生产。在秦始皇陵曾出土带有"左司显瓦""左司高瓦"戳印的条砖。左司为左司空的简称，秦代的左司空主要是负责烧造砖瓦。这也说明了在秦代，烧结砖瓦具有一定的皇权地位。这里出土的砖，品类多，大都根据使用的不同位置，采用不同的规格。但无论是哪种规格，其制作精细，棱角严整，光滑规矩，质地细密，火候高，而且较同体积砖重得多，确是"敲之有声，断之无孔"。

秦砖主要有铺地砖和空心砖两种。另有子母砖、五棱砖、曲尺形砖、楔形砖等。铺地砖面饰有太阳纹、米格纹、小方格纹、平行线纹等，空心砖多模印有几何纹饰，或用阴线刻画龙纹、凤纹。同时铭文砖、画像砖在先秦时代开始出现，铭文多为戳印的"玺印式"，画像内容也很简单。秦始皇陵东北五华里的鱼池堡、鱼池村、吴东、吴中四个自然村则是修筑始皇陵制陶取土的地方，在附近发现不少砖瓦残片，窑址当相去不远。

这些仅仅是当时制陶作坊和烧砖瓦窑址的一小部分。再从近几年许多遗址出土的砖瓦和陶器上的戳印陶文来看，当时制陶机构大致有中央官办、地方官办和民间私办三种。

从秦阿房宫、山陵等遗址中已发现烧结青砖不但用于铺砌室内地面，而且用作踏道，在秦始皇陵兵马俑坑中，还被用于贴砌墙的内表面。铺地的烧结砖除绳纹素面外，还饰有太阳纹、米格纹、方格纹、几何图案、S 形纹等。

其实，春秋时期，瓦上题字基本都是编号，数量少，都是刻字，便于识别和统计产量。从战国时期开始，题字内容成了烧造砖瓦者官署和人名，数量多，都是正规印记，便于统计者考核稽查。

即如《礼记·月令》所说："物勒工名，以考其诚，工有不当，以行其罪，以究其情。"这种制度，一方面有利于产品质量的提高；另一方面，加强了对工人的控制。因此，秦的砖瓦历经两千余年，至今棱角规整，密度大，火候高，敲之声音清脆。质量如此之高，除了当时生产不计时间与工本原因外，恐与物勒工名制度是分不开的。

秦代砖瓦的题字，大多是戳记，戳记阴纹最多，占百分之八九十，字体小篆。戳记多见于板瓦、筒瓦和大型条砖上，脊瓦和瓦当上少见。板瓦上的戳记一般在内侧的下端近边唇处，筒瓦上的戳记在阳面近瓦当的一端，砖上的戳记在其一端的顶部或其一侧。

砖瓦上的题字，一种是仅有官署名，如左司、右司、寺水、宫水、大匠等。一种是官署名冠于人名之前，官署名多用简称，人名一般只占一字，如左司高瓦、寺系、都昌、宫得等。还有一种是仅题人名，如齐、胡、贝、朱、汪、佟等。所用字数，两字者最多，四字、一字较少，三字罕见……

没有想到，秦砖汉瓦早已有口皆碑，经老所长嘴里说出来更加动人可爱。这时尤师傅已经坐不住了，对老所长说：

"我得回所里一趟。"

我纳闷地说："老所长还没有告诉你古砖瓦恢复性生产的秘诀呢。"

他哈哈大笑说："老所长在故事里已经告诉我了！"

"什么？"

尤师傅悄悄告诉我说："先前我们是按流水线大生产的要求进行配方，现在得按老所长提醒的'按工艺美术品的要求制作古砖瓦'。"

"按工艺美术品的要求制作古砖瓦？"

我拍着自己的脑门，重复着老所长的话，似乎明白了什么……

转眼尤师傅已经消失在通往研究所的路上，不知是不是一种事业心与责任感驱使，老所长执意要到所里去助阵，我只好搀扶着他上车，陪着他一起到生产现场。

这时厂区路灯开始点亮，纵横交错的厂道，车水马龙的厂车，灯火通明的厂房，机器轰鸣的车间，一片欣欣向荣的景象。

老所长用手指着背影早已消逝在夜幕中的尤师傅，又向我介绍起他来：

"你瞧瞧这个小尤，风风火火的脾气一辈子难改！"

我这时才晓得，无论拼学历，还是论资历，尤师傅都得"靠边站"。但从小就有犟劲，不轻易服输的他，从不气馁，暗下决心：

"既然选择了当建材工人，就要当最好的工人！"

这一点老所长特别器重，当时组建古砖瓦研究所时，老所长就是冲着他这一点点将的。也许是的，在人家眼里，尤师傅是疯子；但在老所长眼里，小尤就是天才。

前几年，企业为了加快新型建材生产，从国外引进了一整套新设备，尤师傅为吃透这套新型建材生产的洋设备，四处收集资料，两年间摘抄的笔记本摞起来有两尺多高。

为掌握实际操作技能，他坚持天天泡在现场，走遍了装置的每个角落，爬遍了所有的高塔，把装置里的一点一滴都记在本子上，装进脑海中。

功夫不负有心人，经过两年多的恶补，到 1983 年生产装置正式试车投产，尤师傅已全面掌握了这套国际最先进的建材生产操作法，被授予"全国技术能手"称号，登上了行业的顶峰。

有天凌晨，为准备装置开车已连续工作三十六小时的尤师傅刚刚在值班休息室躺下不久，又被一阵急促的敲门声惊醒。

"隧道窑顶车要开，还是要你来操作才放心！"打开门，车间领导满脸歉意地对尤师傅说。

他二话不说，用冷水冲了一把脸，重新坐到操作台前，又坚持了五个小时，直到成功生产出合格产品。为稳住生产，他在装置车间度过了整整八天七夜。

进口设备运行仅半年，就出现了一系列令人揪心的问题，而外国专家一时半会又到不了岗，尤师傅提出了"没有经验，就自己创造经验"的口号！

艺高人胆大，尤师傅和团队一鼓作气实施一系列技术改造，使这套新型建材装置开出了令国内外同行艳羡的高水平，为大型建材装置设备与技术国产化的推广应用积累了宝贵经验……

接着各种荣誉扑面而来，如全国优秀共产党员、党代表、全国"五一劳动奖章"……这些年，尤师傅获得了一连串的荣誉。

有人调侃："你现在这么大名气，只要开个口，还怕弄不到一个官当？"对此，尤师傅一笑而过。有乡镇企业向他开出天价，请他去"帮忙"，尤师傅不为所动……

"是党组织和企业培养了我，是同事们成就了我，我早已把自己交给了企业。"面对他人的不解，尤师傅如此回答。

"把工作干到极致，让企业越来越好。"这也成为尤师傅回报党组织和企业的不懈追求。

几十年来，尤师傅先后提出并参与解决影响新型建材生产效率的重大课题几十项，为企业创造直接经济效益上亿元。

他自创的一系列排查问题与技术攻关方法，如今被编入建材技术手册，成为全国解决同类技术难题的重要蓝本。

······

就在我与所长谈得兴致勃勃之时，有人来敲研究所办公室的门，听到一个女声，说是找我的，我忙站起身来：

"请问，哪一位？"

接着是一阵咯咯的笑声，随风旋到我们面前。我见是美女老师，忙向老所长介绍：

"这是省城大学美女老师，我们是全国厂长经理培训班上的同学。"

老所长哈哈大笑：

"年轻人的事——我懂！没必要介绍这么详细。"

"哈哈哈！"

老所长的话，说得我怪不好意思的。这时只见美女老师毕恭毕敬站在老所长面前一个鞠躬：

"请老前辈多多关照！"

老所长顺口说："你们谈吧！我过去看看小尤。"

美女老师马上说："前辈在这里刚刚好，我有研究课题相求。"

老所长回过头认真打量起这位美女老师，只见她身着清新淡雅的衣裳，眼波流转，一颦一笑一回眸都不经意流露出小女子的温柔，给人感觉就是那种聪明伶俐的职场丽人。

美女老师直接将团队课题研究情况仔细向老所长做了汇报：

"中国是烧结砖生产和使用的发祥地之一，至今仍是世界上首屈一指的产砖大国，但还不是产砖强国。数千年来，烧结砖给人们立下了不朽的汗马功劳，不仅成为人们生活中不可或缺的伴侣，更给人类留下了数不清的丰富多彩的砖文化。"

老所长插话说："但在封建社会里，烧结砖是一个不起眼的行业。新中国成立前，除在沿海地区有几个人工采土、机械挤出、自然干燥、轮窑焙烧的'大砖厂'以外，其余都还是停留在人挖土、牛踩泥、手工制坯、土窑焙烧的原始阶段。很多地方把砖厂工人称作'窑花子'。"

对全国数字我印象很深，忙补充说：

"新中国成立后，由于大规模建设的需要，烧结砖迅速发展，到 1984 年全国烧结砖的年产量已由新中国成立初期的五百亿块，猛增到七万亿块以上，品种也由单一的黏土实心砖发展到烧结页岩砖、煤矸石砖、多孔砖、空心砖。"

老所长说："内地的许多城市也都出现了机械化、半机械化的大中型烧结砖厂，并发明了'内燃烧砖工艺''低温长烧技术'和人工干燥室的'正压排潮技术'等，使每生产一万块普通实心砖的焙烧耗煤，由外燃烧砖时的三吨以上标准煤，下降到一点五吨标准煤以下。改革开放以来，随着对国外工艺技术、装备的引进、消化、吸收、改造和提高，烧结砖装备制造行业发展极快，在许多大中城市如雨后春笋般地涌现出许多从设计、工艺到装备全国产化的年产量数亿块、产品质量优良、技术含量较高、生产工艺半自动化的新型烧结砖厂，不仅烧结砖的产品、装备远销海外，而且烧结砖厂也建到了海外。"

我马上跟着说:"这个我见过一个资料。说的是奥地利,有一个维也纳集团公司在世界五大洲建有数百个烧结砖生产企业,一个年产量超亿块的砖厂才十几个人。他们甚至公然声称,其烧结砖保证使用寿命——至少两百年!"

我说这话时,仿佛是自己做成的一件事,特别自豪与荣耀。

美女老师接过话茬,回到她的思路,接着说她的课题:"就全国来说,发展极不平衡,目前的情况是,年产数亿块的大砖厂和年产一千万块的小砖厂并存,自动化生产工艺、半机械化生产工艺及手工生产并存,先进的隧道窑和老祖宗的土窑并存。"

她还讲了许多砖瓦烧结的数据和指标,老所长听得一会儿皱眉头一会儿又心花怒放。

"根据我们的调查,中国砖瓦销售半径十分有限,大多是就地取材、就地生产、就地使用,被称作'地方建材'或'短腿产品',很难齐头并进。我国地域辽阔,气候差异很大,北方冬天可以冷到零下二三十度,甚至零下四十度,南方则根本不知道零度是怎么一回事。经济发展更不平衡,东部沿海一个县市一年要用数十亿块砖,而西部贫困山区一个县一年也消化不了几千万块砖。"

……

如果今天我们不是亲耳听见,谁会将眼前这位大学美女老师,与过去被称作"窑花子"的砖瓦工人的历史相提并论。我不知道今天她从省城来到这里,是为了向我们叙说她的成果,还是另有什么事。

老所长对着美女老师赞许道:"听君一席话,胜读十年书!"

"呵,不敢当。班门弄斧!"

我冲着美女老师,也恭维说了一句:

"与我们老所长一样，美女老师成了美女专家啦！"

"呵呵，我最多可称为这个砖的'砖家'。"美女老师刚说出这话，又忙说，"不，我还够不上'砖家'呢。"

老所长听到"砖家"两字哈哈直笑，跟着幽默地说：

"我看可以！"

老所长的话一出口，惹得我们笑得上气不接下气。这时他又一本正经地说：

"有这样一种说法，50 年代女孩喜欢工人，60 年代女孩喜欢军人，70 年代喜欢读书人，80 年代喜欢大诗人。请问美女老师你的择偶标准？"

"呵！"

她几乎想也未想，马上脱口而出：

"既然我都已经是'砖家'了，那我肯定喜欢砖瓦人了！"

老所长像年轻人一样一下从椅子上蹦起来："爽快！我们古砖瓦研究所第一个为你敞开大门！"

就在我们天马行空闲谈时，突然，一阵警笛"呜——呜——呜"地响起，我知道这是工厂出事故了，忙朝报警的隧道窑方向冲去。

窑口值班人员马上向我报告：

"尤师傅出事了！"

我气喘吁吁地询问：

"怎么回事？"

值班人员哭着说：

"他说他急着要获得一个技术参数，进窑前还交给我一沓材料。"

谁都知道烧结砖瓦的高温窑炉，人掉进去即刻化为一团青烟，此刻我真的是悲恸欲绝，痛哭流涕。

随后赶来的老所长，拿起尤师傅留下的一些资料，粗略翻后大吃一惊说：

"小尤这不是，已经完成了古砖瓦复制生产的全部技术参数了？"

"马上就可以按照这个生产。"

老所长说得很激动，但未等老所长回过神来，脸上早已老泪纵横。

我见尤师傅的研究资料本扉页上写着八个字：

建材工匠，筑梦前行。

下面还有几行小字，可能是从哪里摘录的一首诗：

我爱这片土地，
我爱这个岗位，
是这片土地培育了我，
是这个岗位成就了我，
我愿在这里扎根一生。

看到这里，我明白了，作为建材企业最基层的一员，尤师傅在平凡岗位上，已经铸就了建材工人一个最朴实的建材梦。

也许，现在尤师傅可以随着古砖瓦，永远在他向往的故宫"久居深闺"了……

第十三章　雨和瓦

安顿好尤师傅的后事，只见老天突然划过一道闪电，接着是滚滚而来的雷鸣……

在我离开事故现场时，更是电闪雷鸣，大雨滂沱。这时我几乎没有什么顾及，更无躲避，一头扎进暴风雨幕中。

可能是雨水把我浇醒。我知道，此刻为什么大雨滂沱。

那就让暴风骤雨来得更猛烈些吧，将这个企业荒的污泥浊水彻底涤荡干净。

我知道，为什么电闪雷鸣。

这是尤师傅匆匆离去的足音，毕竟争论过了，拼搏过了，现在可以带着微笑，带着丰硕的研究成果，也带着故宫秦砖汉瓦的孤寂和期盼……

雨水早已把我浑身从上到下浇透。这时在一个墙角边，突然，有人从背后抱住我。

我见是美女老师，她不知什么时候也被雨淋湿，男子汉的一种怜惜，还有一种敬意，顿时涌上心头，我顺手也紧紧抱住了她……

又是一道闪电，又是一声惊雷。

我抱着美女老师，已经退缩到一幢中式房子的屋檐下，我们听到了雨和瓦的碰撞，我们听到了水与土的交融，我们还听到了灵与火的激情……

小时候，我就喜欢雨和瓦、水和砖的交响乐。

那时我特别喜欢爷爷家的四合院，特别喜欢下雨时，一个人站在檐下，静静听着雨敲打瓦片发出的动人旋律，再顺着屋檐落下，滴在路面的青砖上，激起一片片烟尘，溅起一朵朵雨花。

这种屋檐下的雨和瓦的狂欢，可以在不同的季节，在不同的场次，这一曲曲天籁也各不相同，或轻灵，或清扬，或舒缓，或激昂。

谁能想象，这世上最美妙最富内涵的乐曲，竟是雨和砖瓦合奏的自然交响曲呢？

美女老师告诉我："智利有个叫聂鲁达的诗人，说雨是一种敏感、恐怖的魔鬼。"

如果雨是魔鬼，难道砖瓦是成就雨水的天堂……

听到这里，我告诉美女老师："听在高原工作的爷爷说起，高原人把雨看作一种纯净的圣水。"

如果雨是圣水，难道砖瓦又是成就雨水的庙宇……

第二天上班，老所长气喘吁吁地找到我：

"昨天小尤的研究资料失窃了！"

我开始没放在心上，随口答道：

"怎么可能呢？"

这时，王广舟也匆匆走到我面前：

"我们从昨晚找到现在，都没有找到资料。"

这下我急了："当时在资料现场的就三四个人，除了值班员、老所长、我，还有一个人……"

我一一迅速做了一个排除法，难道是美女老师带走了资料？

"不，不可能是她——"

我刚想说话，王广舟接过话：

"别多想了，一早我已布置保卫处到省城找美女老师去了。"

"啊——"

研究资料丢失，我已经急得一下子说不出话来了……

很快警车开回来了，我站在办公室楼上，正好见到几位保安人员从车上押下美女老师。

看到这情景，我一下蒙了。

很快，保卫处长来到我的办公室说：

"报告！古砖瓦复制生产的全部技术资料已经追回，盗窃者是省城大学 × 老师。"

听到这里，我反倒淡定起来，因为古砖瓦技术资料是用尤师傅的生命换来的，没有丢失是不幸中的大幸。

"问题是，现在有确切的证据证明该老师是盗窃犯吗？"

保卫处长实话实说："具体情况不清楚，反正我们在抓捕时，搜出了资料！"

我在想，既然人赃并获，那么她获取这些资料又是为了什么呢？我不敢多想……只听到保卫处有抽打声，以及美女老师撕心裂肺的叫喊声，好像还有王广舟的训斥声：

"你只要承认了，我们立马送你回省城……"

当我隐隐约约听到这些话时，我知道事情可能没有那么简单，尤其是王广舟插手了这件事，表面上是冲着美女老师，骨子里我知道，他是冲我而来的。

可是眼前最棘手的是，如何保护好美女老师……

看着站在面前的保卫处长，我知道他办事比较能实事求是，现在我也顾不上他是谁的人，一切只能是死马当作活马医。

所以，我握住保卫处长的手："就算有天大的问题，都不允许伤害对方。"

"是！"

望着保卫处长离去的背影，我心里七上八下，现在还有谁能保护美女老师呢？我搜肠刮肚，想到了她的姐姐……

对，她那位在武警支队任职的姐姐。转念一想，不行呀，人家一直不信任我，此时我如果鲁莽行事，不就等于是自投罗网……但事不宜迟，不知是什么冲动，我还是憋不住拨通了她的电话：

"喂，姐你好！"

"谁是你姐呀，你是谁？"

对方十分严肃地追问，紧张得我说不出话来。这时对方又大呼：

"喂——喂——喂！"

听不到我的回话，她又骂了一句：

"毛病！"

然后　"嘣"的一下，扣上了电话。等回过神，我赶紧又将电话拨了过去：

"喂，美女武警！我是省建材总厂厂长。"

"炫耀什么，有话直说。"

对方的声音不冷不热，我一口气把她妹妹在厂里的事说了一遍。

可能我的话点燃了她的导火索，她在电话里警告我：

"你是对警方插手你们厂里的事情不满，是吗？拿我的妹妹当人质？"

我大声说："千万别误解！"

这时，电话里传来她居高临下、咄咄逼人的声音：

"如果你敢动我妹妹半根毫毛，我拿你这个厂长是问！"

她责问的话刚说完，就又将电话扣掉了……

我想，美女武警要是对妹妹真的有感情，就应该在第一时间赶过来救她。我深知，此时此刻除了美女武警，可能谁都无法拯救她。

要命的是，待我再拨美女武警的电话时一直是占线。就在我六神无主、走投无路之时，不知什么时候美女武警从天而降，破门而入，大喝一声：

"不许动！"

我这时才反应过来，火急火燎地说：

"妹妹关在保卫处，你快去！"

到了保卫处，王广舟把住门说：

"请退出三十米之外，不然一切后果自负。"

我不知道王广舟葫芦里卖的是什么药。为了防止意外，我让美女武警赶紧带人退出去。

然后，我稳住王广舟，单独与他进行了交涉。得知他为了获得美女老师的罪证，正在等待她做笔录，什么时候笔录材料上签好字，什么时候才同意交人。

我明白了，王广舟是一只狡猾的狐狸，他没有拿到第一手材料，绝不会罢休的，问题是他这样做的图谋是什么？

我没有时间细想，只能顺其自然，一方面按规矩办事，我与美女武警作为关系人，必须回避，更不能干扰办案；另一方面至少说明美女老师还没有承认盗窃技术资料。而眼前唯一能做的是让她避免遭受皮肉之苦。

所以，我又给保卫处长打了一个电话，再次要求他必须保证美女老师的生命安全。

一切安顿好后，我忙找到美女武警，想寻找下一步路子，我客气地说：

"非常抱歉，没有保护好你的妹妹。"

没想到她上来就像平时对付犯人一样，冲我破口大骂：

"混蛋，我妹妹想找你这样的人做对象，算是瞎了眼，倒了八百辈子的霉。"

这话太伤人自尊了！

我大声反击："请你嘴里干净点，这里是省属国营企业。你不怕我告你'扰乱社会治安'？"

打蛇要打到七寸上，可能是我的话有威慑力，一下把美女武警的嚣张气焰打了下去，她这才改口：

"不好意思，小妹的事已经闹得满城风雨，下一步怎么办？"

她的话让我出乎意料，我压根就没敢想这事该何去何从。自从王广舟将一个好端端的厂医送入牢狱，我就一直盘算着怎么救他。想不到厂医未救，现在美女老师又被人控制。王广舟的连环套真狠啊……

在美女武警的不断追问下，我咬住牙突然想到一个两全其美的方案，我小声凑到她的耳边嘀咕了几句，她拍了一下桌子：

"厂医的事归我，小妹的事归你。"

美女武警说完这话，转身说有事先走了，我岂敢说不字，就朝她点点头：

"好！"

她把手向同僚一挥：

"撤！"

等这批武警撤离，我一个人傻坐在办公室座椅上许久，连王广舟进来我都没有发觉，这时王广舟忍不住开腔了：

"厂长，让你受惊了！"

我"呵呵"地寻找人，见是不知什么时候已经坐在沙发上的王广舟冲着我说话，我这才大吃一惊：

"我没说什么吧！"

"哈哈——"

王广舟一边微笑，一边自责：

"厂长对不起，这事被我弄巧成拙了！"

我听到王广舟说美女老师没有认罪，心里有底了，就假惺惺地说道：

"这点小事，无论如何也要让她认罪！"

王广舟开始不相信自己的耳朵，后来确认这是厂长的真实意图，想不到厂长竟"大义灭亲"，这时他眉头一皱哈哈奸笑起来。

……

这事过去两天之后，老厂长来到厂里，他得知厂里近段时间出了许多怪事，希望我正确对待，有些事是客观的，有些事是人为的。

这天，老厂长跟我谈了许多人生问题，还给我讲了一个故事，是他的朋友陈亦权告诉他的，故事的名字叫《踹自己一脚的智慧》。

说的是清朝康熙时期，有一位大臣名叫明珠，他是权力最大的官员之一，为人为官不但清廉正义，而且疾恶如仇，因而有不少以权谋私、贪污腐败的官员都对他恨之入骨，无不欲除之而后快。

有一年，明珠正在暗中与几个贪官较劲，结果反而被那几个贪官联合起来反咬一口，陷害明珠贪污受贿，而且证据"确凿"。他们纷纷跑到康熙皇帝面前告状，要求将其弹劾下狱。

康熙对明珠一直颇为信任，虽然他从心里不相信明珠是这样的人，但看着那一项项明明白白的"证据"，康熙也只能依法办事，将明珠收入监牢。如果不收入监牢，以后就不能服众了。但收入监牢后，康熙也一时半会儿想不出该怎么样保住明珠。

明珠眼看自己就要面临身首异处、家破人亡的下场，这时，他想到了一个办法——通过他的政敌来救自己！

明珠因为平日里人缘极好，所以哪怕是身陷囹圄，看守的牢头们依旧对他恭恭敬敬，只希望能帮上他一点小忙。于是明珠就让其中一位较为可靠的牢头传话给自己的政敌，说自己身上还有一件大事，那就是谋反！

牢头听后吓了一跳，别人进狱，都忙着为自己辩解，哪有反过来踹自己一脚的？但他寻思着明珠既然要这样做，那就一定有他的道理，于是就悄悄找到了明珠的政敌那里，告诉他们明珠一直在准备谋反。

明珠的那些政敌一听到这事情，可乐坏了，他们就盼着能早日把明珠给整倒呢，现在碰上这么一个好时机，哪能错过！于是纷纷附和，上书攻击明珠。然而，康熙听到这件事后，会心一笑，心里明白了一切。他并没有大规模地调查，而是装模作样、草草地调查了几下，然后以查无实证的名义断了案。并且，通过这一次，康熙还把明珠那些"贪污受贿"的事情一把全揽到了自己身上，他对百官说："那些所谓的贪污证据，其实是我派人暗中设下的，我的目的不是要陷害明珠，而是要看看朝廷里到底有没有一种相互监督的好作风！"

康熙接着就下令把明珠无罪释放了出来，明珠得救了，而到这时，那些贪官还没有搞明白这究竟是怎么回事！

原来，康熙虽然没有办法证明那些证据是别人陷害明珠的，但他依然深信明珠是被人陷害的，也正因此，他才迟迟没有处斩明珠。而正在这时，那些陷害明珠的贪官又告他"谋反"，要知道，谋反可不是一两个人的事情，必然会牵扯到明珠的政友们。明珠在朝廷里人缘好，威望高，一旦查起来，人多势众的"明派政友"为了保住自己，必然要下死力保住明珠，这样一来，皇帝就要与整个"明派政友"对抗。

皇帝当然不怕手下的这些官员，但是朝廷里一直是"两势相当、相互牵制"的局面，如果将"明派政友"连根拔起，那就必然造成另一股势力独大的局面，甚至会动摇皇帝的根基也未可知，这是康熙无法接受的结果。所以康熙刚好趁此机会保住明珠，以平衡朝廷力量。当然，康熙把"陷害"一事以"测试"的名义揽上身，他也绝对没有什么后顾之忧，因为没有一个人敢跳出来说康熙袒护明珠，谁说出来，谁就等于是在揭康熙的短！从那之后，明珠又回到了康熙的身边担任大臣，而且一干就是 20 年，直到去世。

老厂长这个时候为什么给我讲这个故事，开始我还一下感悟不出来，也没有刻意去琢磨这个故事到底想说明什么。

过了三天，王广舟带着美女老师，拿着她认罪的签名笔录，交到她姐姐的手上。而美女武警带着厂医，拿着他无罪释放的证明，交到当初抓他的人手上。

得知这个结果，王广舟才知道上了我的圈套，跺着脚大骂道：

"× 你娘的！"

......

但一切为时已晚。与此同时，谢秘书多少有点幸灾乐祸，因为把美女老师抓走，少了这个情敌，她就可以稳坐厂长太太的宝座了，这一直是她的一个心病。

在这里，她首先要感谢的是王广舟副书记扫清了她情敌中的又一颗地雷。

而那个不按套路出牌的厂医，美女谢秘书压根儿就没有把他放在眼里，如今他出狱对谢秘书来说最多是——多了一个政客，对她来说感觉不出放虎归山的恐惧。

在未来路上，明里有厂长未婚妻的光环，暗里又有王副书记的关照，她还有什么可怕的。

美女谢秘书无疑十分得意，她期望的就是这样的结局：

"宁可多一个政客，也不要多一个情敌。"

既然这事是我与王广舟的博弈，涉及面不是很大，所以这事，在万人大厂中得到平息，却在美女谢秘书心中又荡起爱的涟漪。

厂医回到企业，我知道他未来的路必定会充满艰难险阻，所以建议他改行到古砖瓦研究所工作，他说需考虑两天。

隔日，当他得知是我给了他第二次政治生命时，早已痛哭流涕，万分感激。他深知自己要在这个企业混下去，未来的路一定不会轻松。

一想到这些，厂医仍感到不寒而栗，所以他觉得，还不如趁这个时候赶紧改变一下自己的生存环境：

"也许我不是为人治病的好医生，那就去做医治古砖瓦的医生，也许这是我的生路。"

事实上，医院接触面太广，厂医属于公众人物，这时转行到古砖瓦研究所，接触面大大收缩，更有利于他轻松地活下去，同时也满足了他继续当"医生"的愿望。

"在哪里倒下，就从哪里站起来！你治不了人病，古砖瓦的'病'总要简单些吧？"我对厂医的决断表示同情与支持。

没有想到厂医是一个痛快人，满腔热血沸腾，立马拍板"转行"。

我私底下想，他会在王广舟面前犯那些低级的错误，一定是故意装傻，其实是想保护我。对于这样的忠诚，从我个人的角度，当然要滴水之恩，涌泉相报。

这天，我们交流了许多。我发觉厂医还真是一个人才，他对有些问题，比我看得还深还远……

后来的工作，也证实了将厂医放到研究所是正确的，他将古砖瓦作为生命体对待，根据尤师傅留下的第一手资料，与团队人员精诚合作，很快就成功拿出了古砖瓦小样，接着进行中试。那次在研究现场我们又一次相遇，他兴高采烈对我说：

"可见中国不缺工匠精神，缺的是对工匠的尊重和敬重。"

我没想到他到研究所工作没几天，马上打开了局面，工作有了突破，思想有了飞跃，我笑说：

"怎么让我感觉，'士别三日，当刮目相看'！"

"呵，哈——"

这是我第一次见到厂医的笑脸，却笑得十分勉强。

的确他也有自己的苦恼，虽然到研究所工作没几天，但他很快发现这不是一件好差事。

"虽说我国是非物质文化遗产大国，但许多非遗的生存境况十分恶劣：有技术没传人、有意识没能力、有手艺没新意、有产品没市场……一些非遗传承人只能守着政府补贴，眼见流传了上百年的老手艺难以承续。"

听他说了这么多难处，我对厂医说："这就是我当初要极力将你派过来的原因，现在可以讲明了，让你来不是来守摊子的，而是希望你能在商业上多做一些探索。"

顿时，他深感责任重大起来。

"是的，咱们国营企业，不能总捧着铁饭碗，得靠自己养活自己。"

也许这是医生"救死扶伤"医德的坚守，当厂医话一出口，我的眼睛被厂医说得一亮，他好像已经找到了企业的病灶，等待对症下药，这时我提醒道：

"古砖瓦研究按单兵作战，单点突破，一时红火，可能难以从根本上解决问题。"

我这么一提醒，立刻打开了厂医的话匣子，他立刻兴奋不已：

"我发现目前我国非遗的状态大致分三类：一类是因为种种原因已不适应现代社会，可以作为历史记录进入博物馆；一类是如今仍具有较强生命力，传承得较好；还有一类则是现在活得不好，但可以通过开发重新进入现代生活。"

听着厂医的分析，我豁然开朗。不知是不是高明的医生都这样，将病毒起因一层层地寻找出来，然后再配药打针，厂医将非遗的情况也分析得清清楚楚。现在看，最后一类非遗在我们企业具有很大的潜力和空间。

我马上接过话茬，觉得还有些为难地说："非遗在国外是文创最重要的资源之一。目前制约我们企业非遗产业化的瓶颈，主要是生产规模化的困难。因为非遗产品多需要手工制作，单件产品往往耗时久、成本高，很难批量生产。"

听我这么说了之后，厂医似乎发现了什么新大陆，赶紧抢过话题：

"让企业加入非遗传承开发，推行规范的现代化管理方式，应该是有戏的。"

其实，对厂医的话，我们通俗一点来讲，企业通过规模化大生产，让古砖瓦制作技艺真正走进百姓日常生活，这是目前研究所需要突破，也是企业亟待寻求的事。

在手工作坊时代，一个师傅带着几个徒弟，产品质量很好把控，成为企业之后，生产量大了，怎样保证产品不走样呢？这么说来，厂医的话如医生搭脉，一下找到了企业的病灶，顿时我脑洞大开：

"原来古老技艺与现代生活并不是对立的，关键要看能否找到合适的商业模式。"

所以在这个时候，传承并非一成不变，可以尝试创新设计和工艺，开发出更符合当代审美的新产品。这应该成为我们企业的制胜武器！

这真是踏破铁鞋无觅处，得来全不费工夫。这个心结突然被打开，除了天时地利人和之外，我还想到了雨和瓦、水和砖的自然和谐，这才终于给我们企业设定了一个终极目标——

"作为一厂之长，只有想方设法让有工匠精神的人，在社会上活得体面，有尊严，才能让'久居深闺'的非遗项目为企业造血。"

这可谓大历史，小工匠，择一事，终一生吧。

第十四章 "包二奶"

这几天，美女谢秘书工作如鱼得水，更是像天使一样快乐。

从心底里，她除了要谢王广舟副书记，还是要谢王广舟副书记。她知道没有他的高招，就没有她现在的情场得意。

因为他以最简单的方式，也是最致命的手法，帮她扫清了眼中最后一个情敌——那个追逐厂长不休的美女老师。

而我对这事喜忧参半，喜的是把厂医从"严打"的枪口下夺出来，忧的是美女老师被不明不白安上"莫须有"罪名。

为什么王广舟挖坑，而我明知是计，却不分青红皂白，抢着往下跳。

我真的该死，难道我不知道这是要以鲜血，甚至要以生命来做代价的吗？

难怪这几天，人们见我总是魂不附体，眼神特别忧郁，偶见笑容也是特别惆怅……是的，有谁知我内心的痛楚呢？

时间如流水，再想想自己走马上任已大半年，真的不清楚自己做了些什么。

反之又觉得，事事不顺心，处处遭不测。

对此，我也不断自责："是国营企业固有的体制问题，还是自己缺乏驾驭能力，或是工作方式方法有问题？"

这个时候，对于这些问题，我几乎没有时间多想，就知道成天忙忙碌碌，事必躬亲，俨然成了企业的一个救火队长。

待回首时，这才发觉自己好像又没做什么，甚至什么都没有做好……

想着想着我还长长叹了一口气，我深知国营企业厂长不是终身制，如何在有限时间内多做些有意义的事？这时我不知怎的，想到自己在厂长岗位上最后的遗产问题，到时能留点什么东西呢？包括后人会怎么评价自己呢？

应该说，或许这不该是我这个年龄的人去考虑的事。如此一想，又令我不寒而栗。

带着如此沉重的负担工作，人迟早会崩溃的。这不，这天我的身体彻底崩溃了，高烧到了四十多度，烧得时不时地说胡话。难怪这几天有了那些不着边际的胡思乱想。

多亏谢秘书及时发现，在第一时间将我送到厂医院。

我也不知是什么时候醒来的，一见在医院，我就埋怨起谢秘书：

"为什么要送我进医院，我身上的病毒太多了，也许只有高烧才能拯救我！"

谢秘书听我这么一说，只知道流泪，过了许久才安慰我道：

"别傻了，你做的事可能都没错。或许，只是没有遇上正确的时间……"

我第一次听到有人这样忠告我，片刻让我对眼前这位美女秘书刮目相看。这时我私底下又自责起来。

"难道我真的遇上了一位好姑娘吗？"

我自言自语，可我又总是不敢直视她，假如她真的是这么好的一位姑娘，那我是不是得转变一下自己的态度？

在这个问题上，我一直质疑她，甚至被动得没有主动拉过她的手，更别谈有什么拥抱、亲吻等过激的举动，难道这就是80年代的爱情？

可惜我现在烧得太厉害，我多想看看她，但我的眼睛就是睁不开……

而那位刚出狱的厂医，也是第一时间赶过来看我，抢着帮我看病抓药，我谢绝并批评他：

"这里不应该看到你的身影，古砖瓦研究所那里才是你的阵地。"

厂医伸出手放在我额头上，发觉那不是高烧烧出的胡话，他含着泪连连点头：

"是！"

我又与他约法三章："谢秘书现在是我的女朋友，希望你们之间的过往永远翻篇……"

厂医在谢秘书转身拿药的时候，俯到我耳边嘀咕道：

"谢秘书不值得你信任。"

听到谢秘书高跟鞋声音由远而近，我故意大着声说：

"我最爱谢秘书，希望今后你要多尊重她。"

厂医到底是明白人，他知道我是有意说给谢秘书听的，见谢秘书已像风一样来到跟前，他立马改口附和道：

"谢秘书，厂长在夸你呢！"

谢秘书自厂医被"严打"后，很讨厌这种不按游戏规则出牌的人，所以，她一语双关地冲着厂医说：

"对一个高烧病人说的话，千万不要过于当真。"

厂医听到这话，跟着哈哈笑起来，他十分知趣识相，这里不是他久留的地方，忙打招呼说：

"不打搅厂长休息了！"

厂医说完话，旋即快速离去。

我在病房休息到下午，这时来人叩开病房的门，我见是省主管厅局的人事处长，忙从病床上一下蹦起来：

"呵，处长，怎么惊动你们了？"

"我们是来落实你厂今后三年的承包工作的。"人事处长一笑。

我觉得很奇怪："这么大的事，怎么没有人通知我？"

谢秘书赶紧凑过来说："早上我接到通知，碰到王广舟副书记，他让我暂时别告诉厂长，说让你安心养病……"

我不待谢秘书说完，比高烧还难受，火冒三丈说：

"你们真是乱弹琴！"

我立刻调头问处长："现在会议到了什么阶段了？"

人事处长不紧不慢地说："会议才开始。得知你生病，厅长打发我先来慰问一下你。"

我不好意思地说："多谢领导关心！"

我边说话，边拔掉打点滴的针头，朝着谢秘书狠狠地瞪了一眼，接着执意去参加会议。

这时人事处长劝我道："不要硬撑，身体要紧。"

我苦笑了一声："省局领导千里迢迢上门，我一厂之长还有什么理由躺在这里？"

路上，我小声问起人事处长：

"今年时间都已经过半了，这承包工作还要搞下去？"

人事处长提醒我说："这次承包工作，是一订三年不变，涉及企业责、权、利，省局经过再三酝酿斟酌确定的。"

我们不声不响走进会议室，承包专题会议正讨论得热火朝天，我找了一个空位，悄悄坐下。

只听到厂里几位老领导认为省局承包方案有"鞭打快牛"之嫌，正在争执。

王广舟反倒胸有成竹："我坚决拥护省局方案，虽然承包基数偏高，但这像摘桃子，逼你跳起来才能摘到！"

这话未落，就迎来了少数几个人的喝彩。

这时，我不紧不慢站起来：

"我不同意！"

人们这时才发现我不知什么时候走进会场的，惊讶地看着我。

我说："王副书记的话听听很有哲理，但对一个百年老厂，除了火葬场没有，其他什么都有的老厂不适用。"

我先强调了承包经营责任制是国营企业中经营责任制形式的一种。它是在社会主义公有制的基础上，按照所有权与经营权适当分离的原则，通过承包制，确定国家与企业之间的责、权、利关系，使企业实行自主经营、自负盈亏的经营管理制度。

但是，我们企业底子薄，负担大，成本高，技改任务重，我将一个个数据说给大家听后，这才强调了"两自"问题——自主经营和自负盈亏。

如果企业最终自主与自负都失去了，势必落得个杀鸡取卵的下场。

我建议在不违反国家承包经营责任制的前提下，按照"双保一挂"的基本形式，即企业保证完成承包合同确定的上缴税利，保证用自有资金完成国家确定的技术改造任务，工资总额与实现税利挂钩。

同时，要求省局对我们的上缴利润由递增包干改为基数包干，超收分成。分成按固定的比例，或按不同的档次确定不同的比例。

……

这时，党委黄书记接过我的话：

"我再补充几句！"

黄书记在充分肯定承包制基础上，希望"包"字落地，一包就灵，而不是一包就死。

他又说了一些数据，作为对我的意见的补充……

省厅领导听了我们有理有据的分析后，拍案而起：

"这些年来，中央认为现在我国经济管理体制的一个严重缺点是权力过于集中，应该有组织地大胆下放，让地方和工农业企业在国家统一计划指导下有更多的经营自主权。这是当前我们企业改革的一条主线。"

厅领导的话一落地，就迎来一阵掌声，厅领导又意犹未尽地说：

"所以我很赞成刚才厂长和书记的数据分析，咱们承包最终目的是要让这个百年老厂辉煌起来，而不是让这个百年老厂养老送终！

"我们的承包经营责任制，必须有利于企业所有权与经营权分离，有利于推进技术进步，有利于国家财政收入稳定增长。所以，实行承包经营责任制的一个关键问题，是合理确定承包基数。"

由于厅长一锤定音，企业与省局的对峙很快缓和了下来。接着省局与企业重新商定了最终承包方案，最后我提笔在上面签下字，这时省局人事处长正式宣布：

"我省首家建材企业承包与扩权试点正式启动。"

不知是谁事先准备好的，顿时大小鞭炮齐鸣，整个场面既庄严又热闹。

此时全场只有王广舟一脸的灰溜溜，其实他应该自信一点，在会场讨论的时候，说对说错都无妨……

王广舟为什么要谢秘书阻止我参加这么重要的会议？是怜惜我

生病，还是黄鼠狼给鸡拜年？我不想过多猜测，这里面一定有不可告人的名堂……

好在我是一个大度的人，通常不会把人往坏处多想……

这么看来，我是不是要好好谢谢王广舟副书记才对？想到这里，我傻傻地一笑。现在我得赶紧集中精力，趁省厅领导都在场，既算是一个表态，也算是与企业班子人员约法三章：

"这次我们企业成为'全省试点'之后，我们企业内部将立即启动'三个百分之百'新的管理法，即每个员工都必须百分之百地执行规章制度；出现违规违制，都要百分之百地登记上报；不管是否造成损失，对违制者要百分之百地扣除当月全部奖金。"

也许这个管理法，在今天看起来有点滑稽可笑，但由于它适应了当时刚经过"文革"的企业纪律涣散、无章可循的需要，多少还是给人耳目一新的感觉，也使企业的生产秩序迅速恢复，职工的积极性一下子迸发出来。

……

同时，这样的做法又给人一种误读，仿佛改革是一夜就能够成功的。

让当时全国许多企业管理者产生了一种幻觉，以为国营工业企业的痼疾是内部管理的无序和自主权的不足，只要解决了这两个问题，在产权不变的情况下是完全可以进行改造的。

省里总承包方案尘埃落定之后，为了进一步落实中央扩大企业自主权的政策，我在企业内部又实行了层层承包分解法，即"包死基数，确保上缴，超包全留，欠收自负"。

我自认为，这是在当时条件下，落实中央扩大企业自主权政策的一个重大创新。虽然仅仅只有十六个字，但字字千斤，掷地有声。在企业产权不变的情况下，有利于厘清企业与国家的关系，先进性毋庸置疑。

当然，问题也很明显。就是在企业完不成任务的情况下，能否做到"亏收自负"，可能还是一个问题。

因为人都有一种惰性，赚了沾沾自喜，亏了垂头丧气，通常不太愿意为亏损买单。这也成了后来有人追究我的责任的一个借口，或罪状……

不久大家都尝到了承包甜头，我决定趁热打铁，彻底将企业传统建材产品转移出去，置换出空间，集中精力开发研制更多的新型建材。开始将对江南那家乡镇建材企业的做法，复制到更多的省份，计划联营合作办厂五十家。让分厂中的全部中层干部，每个人承包一家乡镇建材企业。

怎么做？那天，召开了全厂中层干部大会，我开门见山：

"借今天干部大会，首先我检讨前些日子，我没有将企业几位技术人员留住，这是我们企业的重大损失。

"我知道，台下还有不少的人被乡镇企业私下邀请为顾问。前几天，省局与我们企业签订了承包责任书，我悟出了一个道理：只有在制度上创新，才能留得住人！

"今天请大家来，就是希望大家为了乡镇企业建材的发展，今后不要再偷鸡摸狗。确切说，就是要让你们这些厉害的工程技术人员——都想当老大的人，有当老大的机会，同时我还要投给你们钱，让你们理直气壮去干！"

这时台下响起雷鸣般的掌声，也许这是中国长期企业荒的压抑之后，渴望挣脱带来的一种冲天激情。

　　紧接着我请江南山区里的乡镇建材工业区的吴一荣厂长，算是进行现身说法。我这么介绍一点不为过，几个月前他的企业遭遇一场大火，为了重振辉煌，从国营企业挖到人才，走上了如今再投资再收益再脱贫的致富之路。

　　吴一荣两眼眯得像一根线，嘴角长着八字胡子，走路一拐一拐的，看这外形谁都不会把他往好人里面想。站在台上的他，讲了一通他的发迹史后，还是引来了不少的喝彩。

　　乡下人就是乡下人，吴一荣最后说："国营企业与省局承包，你们吃的是头口奶，乡镇企业傍国营企业大腿上，算着是'吃二奶'。告诉你们，如今能吃二奶的，拼的就是实力！"

　　"噢噢！"

　　吴一荣的话引来台下起哄，又引来一阵阵大笑声……

　　我赶紧冲上台，夺过话筒：

　　吴一荣厂长的话，句句都是大实话，但他的比喻不贴切！

　　吴一荣在江南这个乡镇建材企业的成功，我觉得一件很重要的事就是，你要学会制定目标，如果实践检验这个目标是对的，就要锁定，并为之全力以赴；如果你的目标是错的、不符合时宜的，就要更改。只有这样，你才有可能到达生存之境的巅峰。

　　反过来说，即使你能力超凡，才华横溢，如果你不把你的能力放在你所制定的目标上并一直坚持下去，那么，你的能力就不会被世人所发觉，更不会取得相应的成绩。

　　我在这里把拿破仑抬出来。拿破仑的名字大家都很熟悉，但是很少有人知道他年轻的时候，由于生活贫困灰心到了极点。

　　这一点，很像我们吴一荣厂长，贫穷几度使他差点儿放弃追求，成为一个"普通人"。

当时，拿破仑的父亲是一个极高傲但又穷困的科西嘉贵族。父亲送他进了一个在布列讷的贵族学校，在这里与他往来的都是在他面前极力炫耀自己富有而讥讽他穷苦的同学。

后来他实在受不住了，写信给父亲，说道：

"为了忍受他们的这些嘲笑，我实在疲于解释我的贫困了，他们唯一高于我的便是金钱，至于说到高尚的思想，他们是远在我之下的。难道我应当在这些富有而高傲的人面前谦卑下去吗？"

"我们没有钱，但是你必须在那里读书，而且一定要超越他们，因为这是你的目标。"父亲回答说。

从此，每一种嘲笑、每一种欺侮、每一种轻视的态度，都使他增强了决心，他发誓要做出个样子给他们看看，他确实是高于他们的。他是如何做的呢？

这当然不是一件容易的事，他一点儿也不空口自夸，只在心里暗暗使劲，决定把这些没有头脑却傲慢的人作为桥梁，去获得自己的技能、财富、名誉和地位。

在他十六岁当少尉的那年，他遭受了一个打击，那就是他父亲的去世。在那以后他不得不从很少的薪水中，省出一部分来帮助母亲。当他接受第一次军事征召时，必须步行到遥远的发隆斯去加入部队。

等他到了部队时，看见他的同伴正在用多余的时间追求女人和赌博。而他那不受人喜欢的体格使他没有资格追求女人；同时，他的贫困也使他不能参与赌博，于是他改变方针，用埋头读书的方法，去努力和他们竞争。读书和呼吸一样是自由的，因为他可以不花钱在图书馆里借书读，这使他得到了很大的收获。

通过几年的用功，他读书时所摘抄下来的记录，经后来印刷出来的就有四百多页。

他想象自己是一个总司令，将科西嘉岛的地图画出来，地图上清楚地指出哪些地方应当布置防范，这是用数学的方法精确地计算出来的。因此，他数学的才能获得了提高，这使他第一次有机会展示他的能力。

长官看到拿破仑的学问很好，便派他在操练场上执行一些特殊的工作，这是需要极复杂的计算能力的。他的工作做得极好，于是他又获得了新的机会，开始走上通往权势的道路。

这时，一切的情形都改变了。从前嘲笑他的人，现在都拥到他面前来，想分享一点儿他得的奖金；从前轻视他的人，现在都希望成为他的朋友；从前讥笑他的人，现在也都改为尊重他。他们都变成了他的忠心拥戴者。

除他的才能之外，是什么力量使拿破仑成功？是什么力量使拿破仑的生活有了如此的改变？就是因为他能够面对贫困，这促使他制定了伟大的目标，同时将嘲笑和轻视化作无穷的力量，对目标执着地追求。

能够锁定目标并全力以赴，我们的目标就绝不会沦为一个缺乏行动的空想。

也许有人会说，为什么同样有目标的人，有的人成功了，有的人却失败了？那是因为在为一件事做准备时，不但要制定明确的目标，更重要的是要始终专注于这个目标，不能因为其他事情的出现而分散自己的注意力。如果你今天想成为一名营销高手，明天想成为一名管理专家，后天又想当一名出色的设计师，最终的结果只能是得不偿失，你的准备工作很可能前功尽弃。这样，显然无法把接下来本应该做得很好的工作完成得令人满意。

一个人要想有所建树、有所成就，就要敢于给自己立高标杆。

要敢于重用自己，敢于承担责任，勇于独当一面，有战胜一切艰难险阻的决心，敢于排除前进道路上的一切障碍，敢为人先，心中只有一种信念：别人能做的，我也能做到；别人做不到的，我还能做到。

千言万语汇成一句话：一个好猎手的眼中只有猎物。拿破仑的故事无疑给我的人生带来无尽的启迪。

……

不久之后，我在整理日记时，发现了我曾经给一家国家级媒体撰写的一篇文章里有这么一段话：

"对于这样的承包制改革，实际上每次都成了企业与政府的有关部门不断讨价还价的过程。这在当时卖方市场，商品极其缺乏的年代，在一个垄断性的建材企业，在需求日渐旺盛而企业内部机制改变的情况下，经济效益越来越好应该又是必然的。"

随着1984年承包制的加快推进，我们企业效益的确是月月有长进，政府有关部门对企业利润愈来愈眼红。一开始，企业利润的承包基数是百分之三，后来上升到百分之五，再后来又上升到百分之七。

因为上缴基数的不断递增，这个时候双方矛盾也就越来越大，直到1984年第三季度，矛盾终于激化。企业所在地财政部门下达通知，要求我们企业补缴五千万元的利润。

收到这个通知，我就有点不以为然，为什么就要我们企业补缴呀？我拒不执行，财政部门当然也不是省油的灯，强行扣掉我们企业账上的两千万元资金。常言说，强扭的瓜不甜，对主管厅局的做法我也无法抗争，我斗胆给国务院和中央领导写信，信内讲：

"如果让我们缴五千万元，企业正在施工的技术改造工程、住宅和福利设施工程只能立即停下来，职工按原包工和挂钩办法已拿到的工资奖金一部分也要退回来，而且四季度职工的工资也无法支付。"

没有想到两周之后，中央领导的批示下来了：明确建材总厂的承包办法一切不变。

这事极大鼓舞了企业员工承包工作的信心，而这年刚好是我所在企业建厂百年大庆，我张罗着通过厂庆来提高我这厂长的地位与权威。其中一项内容就是在厂门口建一个雕塑，以此塑造企业对外形象。

这天，我叫来谢秘书，问她："本省最大的神鹰雕塑尺寸是多少？"

她说前些日子让人了解了："是六米。"

我又问她："全国最大的神鹰雕塑尺寸呢？"

她说："是十二米。"

这时我毅然决然提出："那你通知基建处，在厂大门前，用我们的建材产品，建一个二十四米的神鹰展翅雕塑。"

谢秘书用她诗人的浪漫表示支持和认可，建议将建材产品作为工人手上放飞的神鹰，底座是青砖筑起的万里长城，用瓦片拼接成一个鹰的造型，鹰在大自然中自由自在高傲地飞翔着。

……

很快这座厂雕建好，成为当时轰动中华的第一神鹰。

揭幕的那天晚上，有人看到王广舟副书记与谢秘书躲藏在雕塑后面亲吻。后来有人给这个雕塑取名为：

"包二奶。"

"亲吻"这事是真是假后来也没有人去考证。但"包二奶"这个不雅的称呼，很快是十传百，百传千……在大江南北扩散传播着。

一个国营大工厂的企业荒没有度过，又弄出了一个"包二奶"，你说难听不难听？

第十五章 "三"花烂漫

1984 年，企业雕塑倒是成了当时一些有实力企业追逐的时髦，但对"包二奶"这样一个外来词，对于内地许多职工反倒是一个陌生说法。

人们甚至不知道这是褒义还是贬义，反正人家都这么喊，大家也都跟风喊，以为这是一种时髦。

对于"包二奶"这一伤风败俗的事，让主抓企业思想政治工作的党委黄书记觉得丢尽了国营大企业的脸面，肺都气炸了。

当有一天人家将一个堂堂国营企业的名字，改叫"包二奶"企业时，你说你的企业是不是无地自容？

到了这一最危险的时刻，书记必须挺身而出，尽快制止这类负能量的东西泛滥。

事不宜迟，黄书记决定先约谈王广舟副书记。

没想到王兄非等闲之辈，用老百姓的话说，是老甲鱼。当黄书记找到他时，他一口咬定，只是与谢秘书有私人交往，保证没有过激行为，并向黄书记叫板说：

"书记，冤枉啊。"

"冤枉什么呢？"黄书记寸步不让。

王广舟是个很能演戏的人，这时他是一把鼻涕一把泪说："那天，我走到雕塑旁，刚好碰到谢秘书。我们只是说了几句话而已……"

"还有吗？"

"向毛主席保证，什么也没有了！"

"呵呵——"

后来，黄书记约谈谢秘书，他改变了策略，直接以同情弱者的语气说：

"小谢呀，你还年轻，又是我们企业后备人才的培养对象，我们必须让你的成长少走弯路。"

漂亮聪慧的谢秘书明白黄书记话语的用意。加之书记苦口婆心的忠告，一下触到了谢秘书内心的痛点，她突然痛哭流涕，毫无保留统统倒了出来：

"与王广舟副书记，我们一直保持着不正当关系，他答应要娶我。"

"之后，怎么变了？"

"后因他老婆死活不同意离婚，所以他不得不把我整体包装甩给厂长。"

"为什么？"

"想以对厂长的高攀，来安抚我！"

说到这里，谁都不好意思再听下去了。王广舟的做法很滑稽，有点像我之前在全国厂长统考班上说到的案例，而这对我无疑又是一个莫大的讽刺。

没几天，黄书记从省城开完会回到厂的第一件事，是要约谈我，开始我很抵触，"包二奶"事件跟我毫不相干。我直截了当回避说：

"谈这事儿，我真的没有时间。"

"那我们谈工作呢？"

"这个可以有！"

"哈哈。"

在书记面前，我的话没轻没重，就像一个小孩子，好在他对我也从不计较。

所以，书记一见到我，就直言不讳："天要下雨，娘要嫁人，听天由命吧！"

我知道书记是指我与谢秘书的关系，这事可能已经让他操碎了心，现在也令我心灰意冷。我向书记苦笑了一声：

"一开始我就觉得我与谢秘书的恋爱，有点过于戏剧化的味道。现在一切都让它过去吧！"

说了这些话，我还是不忘感谢黄书记的关心，接着又是一声叹息并建议说：

"下面我们只谈工作，不谈个人琐事。"

这时，书记倒实话实说起来："唉，没有小家哪有大家，希望你能正确对待。不过，今天我真的另有大事。"

这时书记抿着嘴冲我笑，他说此时此刻，他想到毛泽东老人家一句诗：

"待到山花烂漫时，她在丛中笑！"

我不断重复着老人家的诗，多么浪漫，多么美妙……

但我对书记又是一阵苦笑："别笑话我们小字辈了！"

说到这里，书记倒言归正传起来：

"此'三花'烂漫，非山花烂漫。"

这时他才一五一十，将这次省城会议情况告诉我，特别是省里领导非常关心我们这些老的国营企业的发展，拿出了三个项目，让我们选定一个参与：

"一个是省城要建第一高楼，一个是援建西藏大庆工程，还有一个是援建南美洲的圭亚那工程。"

老实说，在那个企业荒时代，国营企业是政府亲生子，常常会得到政府更多支持和帮助，而乡镇企业和政府什么关系都没有，只能靠自己闯天下。

原因是当时思想认识上存在极大差异，人们习惯性地认为支持国营企业，就是走社会主义正道。而支持乡镇企业，通常理解是走资本主义邪道。

现在眼前这三个项目，选哪一个呢？也许都会首选参与建造省城第一高楼。这既有利于企业打品牌，又有利于营销企业产品，说不定还倒逼企业创新，顺势开发建材新产品，如此等等，想来意义重大。

对于这个问题，我这个人，总比其他人要多想一些。

我无意中发现，三个项目，一个省内，一个国内，一个国外。联系到1984年企业改革开放，正处于爬坡过坎阶段。我隐约觉得国营企业开放的脚步，正款款而来。

当然这个企业的开放是双向的。对内开放，就是要我们打破长期以来，国内封闭和关起门来搞建设的局面。就是地区与地区之间，部门与部门之间，也很少基于市场的横向的交换和联系，全靠指令性计划维持生产和供给，由此产生长期的效率低下、生产落后、物资奇缺等种种计划经济的弊病。

而对外开放，企业过去吃够了封闭必然导致落后的苦头，要么就是对以苏联为代表的社会主义阵营一边倒，要么就是完全隔离在世界市场之外，这直接导致了从技术到生产到管理到理念等方方面面的落后。

此时我的大脑，进出一道闪电，封闭必然导致落后，莫非这是我们企业荒的根源……

想到这里，我朝黄书记一笑："我向书记提一条建议，我们企业可否统统争取拿下来？"

"这？"

我怕黄书记犹豫，就充满信心地说："要干，就要干出点名堂！"

黄书记听出了我对企业对内对外的开放大思路，马上拍案叫好：

"你吃的是老百姓的饭，操的是中央领导的心。"

"呵，哈哈——"

接着黄书记又补充说了一句："关于你的企业开放观，我是最有发言权。"

书记说他的老家在农村，农村的开放就是把农民从人民公社的体制中解放出来，有了生产和经营的自主空间，而农民的解放，使得农民有了进城打工、创办企业等创造财富的权利，从而在根本上，释放了数亿农民的活力和积极性，使得困扰中国那么多年的挨饿问题，在短短几年内迅速得以解决。

同样，我们企业要繁荣发展，必须融入世界经济发展趋势，积极参与全球经济治理和公共产品供给，提高我国企业在全球经济治理中的制度性话语权，而这必然要靠进一步扩大开放才能实现……

对于黄书记入木三分的分析，我当然全盘接受。而从黄书记身上，我发现我们企业的领导班子成员，多数都是半路出家，或许原先是业务骨干、技术能手，后来时势造化被推到企业班子中，其从业务一把好手，到带领一个厂子，如此转换的确不容易。

见书记没有反对我的意见，我一下激动得站起来，紧紧地握着他那双既粗大又温暖的手。

长期以来，我有一种错误的理解，总以为搞建材的人与他生产的产品一样——傻、大、粗。

今天黄书记推心置腹的谈话，彻底颠覆了我的旧观念。所以，现在站在黄书记面前，我有点惶恐不安，现实亟待我重新认识企业，切实做好企业工作。

……

第二天，按照黄书记的要求，我直奔省城，向省领导请缨，为企业争取"三花"烂漫。

省领导得知我的来意，哈哈大笑起来：

"从省里角度，我们当然欢迎省属国营企业主动积极，或者说是捷足先登。"

我忙表示谢意："谢谢省领导！"

"但是，像你们这样的国营大型企业，又是老企业，普遍负担很重。我不知道你们是如何进行企业结构调整的。"

我马上将我们企业 1984 年以来开展的几项工作，向领导一一做了详细汇报，省领导听后马上拍案称好：

"做得好，有些工作已开创了全省企业管理的先河！"

要知道在企业荒的年代，我们企业工作能得到省领导首肯，没有实实在在的成绩，是根本不可能的。

受到领导当面表扬，我激动万分，马上站起来双脚立正，向领导敬了一个我当兵时的标准军礼！

这时领导明确告诉我，你们需要的这"三花"，真的不是企业赚钱的买卖，更多的是需要企业牺牲利益，来承担政府为社会服务的责任。为了打消领导的顾虑，我又趁热打铁把我与书记的想法，向领导兜底，并表态：

"对于这个问题，我们已有考虑，谁让我们是国营企业？作为共和国企业的长子，只要国家需要，即便前面是地狱，我们不下谁下？"

省领导边听边连连称赞道：

"好！"

最后，领导终于松口答应，"三花"的任务最终也尘埃落定。

这无疑让我精神为之一振，顿时发现企业正在走进又一个山花烂漫的春天，那就让我们大胆前行，不辜负任何一个远方……

回到厂里，我马上召开紧急会议，兵分三路，同步推进三个重大项目工程。很快三个工程方案出台，权衡利弊，最有挑战性的是省城第一高楼，用现在的经济学眼光看，其实就是造一个商贸综合体，这在 1984 年是十分超前的，对我们企业来讲就是如何提供合格的建材产品。

前不久，我走到大楼下，再一次仰望了这一高楼，虽然几十年过去了，它仍然是省城标志性建筑。

一座城，四幢楼，通过天桥和连廊，跨街连贯成一体，那就是省城第一个商贸旅游综合体——杭天大厦购物城。

这座集购物、酒店、商务、娱乐等多功能于一体的购物城，拥有齐全的商品品类、高档的国际国内品牌、优雅的购物环境、优质的高端特色服务，配套设施也非常完善，是一座真正意义上的全方位、多元化、多业态的大型购物城。

"先生，电梯来了，这边请。"

到购物中心底楼，首先遇到宾客助理微笑着为你指路、按电梯，马上给人到了五星级宾馆的感觉。

"我们的服务就是要做到让顾客高高兴兴地来，满满意意地回。"这幢大厦老总对我说。

"你们破天荒为我们造了一座这么高品位的大厦，我们在管理上绝不能拆你们的台。"

耳边突然传入这么温馨的话语，还是有点恍如隔世的感觉。杭天大厦引入五星级宾馆标准式的服务管理，员工的服装、表情、语言、手势甚至走路姿势，都有规范要求，做到"五要五不要"。

品牌服务员、宾客助理、贵宾客户经理……杭天大厦分门别类地设置了服务人员，开展个性化、人性化服务。光泊车员就有十来个，就连商场保安员也没有令人敬而远之的制服，而是一身西装，显得彬彬有礼、训练有素。

在寸土寸金的商场楼上，杭天大厦开设了省城商场的首个贵宾厅，内设休息区、"一对一"接待室，儿童商场开出杭州首家"宝宝4S店"，里面有孕妇休息室、哺乳室，洗手间设宝宝洗手盆、婴儿椅等。

谈到大楼与城市的关系，我一直认为，美丽的城市，需要高楼大厦来衬托。人们一到某个城市，往往要先看看高楼大厦，高楼大厦成为集中展现城市品质的一个窗口。

如今在全国城市一百多家单体商场销售额排行榜上，杭天大厦连续多年稳居单店销售、利润双料冠军。

杭天大厦已被国际同行称为中国最赚钱的百货公司之一，被澳大利亚蒙纳士大学列入 MBA 教学案例。

想不到一幢楼可以成就一大产业，这对制造建材的员工来说，是一种什么样的成就感？"这真是一个奇迹！"

世界大牌 LV 的老外高层也觉得惊讶，在杭天大厦一个三百平方米的"小门店"，一年可以做两个亿的销售额！

参与建设这幢大楼时，企业内部争议很大。现在回过头看，省城是一个充满生活品位的城市，讲究生活品质是这里最大的特点。杭天大厦作为省城的一个窗口，已经将大厦的建材制造者、建筑建设者、运行管理者的品牌文化，融入这一国际化大都市品牌中，从一个貌似无足轻重的身份标志，演变成现代社会中不可或缺的强大力量。

可以肯定地说，这是当初我们企业，想也不敢去想的事情……

同样，在 1984 年那个特殊年代的特殊环境里，青藏高原在今天许多人的印象里还是一个可望而不可即的地方。

偏远落后，交通闭塞，气候恶劣，物资匮乏。当然，不可否认的是，正是这种苍凉、阔远，让我们感受到了祖国山河的壮美、秀丽。

为了迎接西藏"二十年大庆"，中央决定，由北京、上海、天津、江苏、浙江、福建、山东、四川、广东等省市，按照西藏提出的要求分两批帮助西藏建设四十三项当前迫切需要的中小型工程项目，包括电站、旅馆、学校、医院、文化中心和中小型企业。

这些项目的投资除国家和中央部门已预定投资的外，其他都由中央给西藏的财政补贴解决……

那天，我作为援建企业代表，发现西藏拉萨街头，满目呆板、简陋、仓促而就的铁皮顶平房。如果登高望远，那铁皮屋顶在高原特有的艳阳下，放射出刺眼的炫光，很像一把把锋利的刀子。

中央政府决定"帮助西藏建设四十三项工程"，就是现代文明的迫切需要。

这些援藏工程，中央明确要求是"交钥匙工程"。所谓"交钥匙工程"，就是工程从勘测、设计、施工、安装到室内全套设备用具等，甚至还有使用人员在管理知识、技术操作上的培训，全部由承建单位包干。工程完工后，乙方只要向甲方交出一把钥匙，甲方便可以投入使用。

记得我走到布达拉宫，见到白宫、红墙、石阶、扶墙、檐口、金顶……我就已激动万分，与同事们很快就寻找到我们企业工程设计的灵感。

西藏体育馆，是我们在高原承建的第一座大型体育设施。内部设计要求是国内一流的现代化多功能设计：既可以进行除足球、水球、冰球外的各种体育比赛，又可以进行文艺演出，放映电影，举行大型群众集会……外部装修的形式必须体现西藏高原特有的民族风格。

西藏体育馆建设工程量非常大，建筑面积达八千平方米，座位三千一百个，比赛大厅跨度五十六米，大厅内高十二点五米，为国际国内最新高标准。此外，还有四千平方米草坪，三千棵树，一千七百个盆景的绿化美化工作量。

记得1984年5月15日，西藏体育馆正式拉开基础设施建设序幕。9月28日，体育馆主体结构全面完工……

不久，西藏体育馆举行了竣工剪彩仪式。站在西藏体育馆前的广场，那典雅古朴的场馆庄严耸立，似乎与遥遥相望的布达拉宫娓娓叙说。而那组女排姑娘的雕塑，表明一个民族太需要一种拼搏奋进的精神。

场外有许多藏民绕着场馆，五体投地长时间叩头，还有一些藏民摇着经筒在转经。不知是不是巧合，我们脚下的这块土地，曾经是赛马场，每年的秋季，这里海螺号、锣鼓轰鸣，人们观看赛马、跑马射击和马术表演等。

如今，一个古老民族的灿烂文明与凤凰涅槃中的一个崭新民族同在，真的是"敢教日月换新天"。

出乎预料的是，西藏大庆的整个援建项目，实际有效施工期仅为二百八十三天。

中央一位负责同志在听取四十三项援藏工程情况汇报时，感叹地说：

"四十三项援藏工程的建设速度，不仅在西藏历史上是空前的，就是在中国建筑史上也是罕见的。请同志们查一查，看看在世界建筑史上有多少这样的先例……"

望着这一距离太阳最近的高原，那天拉萨的天特别蓝，拉萨的云特别白，拉萨的雪山特别苍茫，拉萨的海子特别明亮，还有拉萨的经幡特别绚丽，难道这就是我们援藏企业的诗和远方？

企业走出省就有了如此收获，走出国门那又将是一个什么样的天地？

中国 20 世纪 80 年代的贫穷令人震惊，所以在打开国门后，人们面对国外的"花花世界"时受到的心理冲击是可以想象的。很多人都被外面世界的繁华震撼了，并彻底拜倒在地，丧失了追赶的勇气。

而我并未在乎外国人，因为中国历史也曾经辉煌过，中国人也曾傲立世界之巅。所以我不服气，敢于起来与外国人叫板，甚至胆大包天敢于起来追赶，就对我的员工说：

"能够被公派出国是非常令人羡慕的事情。是的，不仅可以领取固定的生活补助，回国时还能够购买免税商品。但我派你们出去，是要你们为企业、为中国企业争光的。"

也许，重赏之下必有勇夫。但南美洲的圭亚那，与中国相距万里，许多国人当时对这个小国家十分陌生。

这年，我们企业主要承担了圭亚那的成套建材设备制造，以及对当地企业的生产与管理工作，有力推动了两个国家的友好交往和共同发展。

由于路途遥远，当时我委托了分管技术的副厂长带队，全权负责圭亚那援建工作。援建若干年后，我曾出国到圭亚那进行过短期访问。

在圭亚那总统拉莫塔尔的私人书房里，我意外见到众多与中国相关的书。除了一些中国城市画册之外，甚至还有英文版的《毛泽东选集》和《求是》杂志。

拉莫塔尔总统告诉我："我经常上网浏览与中国有关的新闻。"

对于圭亚那与中国的渊源，拉莫塔尔如数家珍，娓娓道来：一百七十年前，就已经有中国人来到圭亚那寻梦。

当时，作为英国殖民地的圭亚那废除奴隶制后，种植园主迫切需要补充新的劳动力。英国政府于1844年颁布相关条例，从中国东南沿海招募劳工，从而开了中国人移民圭亚那的先例。

拉莫塔尔认为，华人为推动圭亚那的政治、经济、社会和文化发展做出了巨大贡献。1966年，圭亚那获得独立，首任总统阿瑟·钟就是一位来自中国广东的客家人后裔。在圭亚那六个主要民族中，华人尽管占人口比例不高，但仍是一个重要的组成部分。

作为国家元首，拉莫塔尔也有自己的梦想，那就是从中国的成功经历中获取经验，带领圭亚那实现发展。他还告诉我，从年轻时候开始，他就非常关注中国和中国的发展，读过大量中国领导人的著作和重要讲话。

他说："我希望能够学到中国领导人治国理政的办法。"

其实，圭亚那是南美洲比较小的一个国家，与巴西、委内瑞拉接壤，是南美洲唯一的一个说英语的国家。

我在那里还发现："一般的人可能不知道，加勒比共同体的总部就在圭亚那，它是拉丁美洲和加勒比海的一个桥梁。"

当总统得知，我就是中国那家著名建材企业的厂长，承担过援助圭亚那建材发展这一重大任务时，他紧紧握着我的手感谢道：

"那是一次重要的事件，我们希望通过与中国的合作，能够带动更多中国人参加到圭亚那的经济建设中，帮助圭亚那实现发展的梦想。"

也许，1984年越来越遥远了。而我国的水泥、玻璃、陶瓷这些传统建材的代表，其产量早已稳居世界第一。

当下国内产能过剩程度，也早已为人所知。但若利用好"一带一路"建设契机，可以化解一定程度的过剩与危机……

可见，当初我们企业"走出去"一小步，不正是为了如今中国"一带一路"文明的一大步？

对此不敢多想，但有一点我敢拍着胸脯说，时间如果可以倒流的话，我一定愿意再回首，用一个企业家的魄力和精神，去拥抱那个改革开放初春的阳光——

"待到山花烂漫时，她在丛中笑……"看来我们的企业也不是生来就是企业荒，一旦遇到土地、阳光、雨露，马上就会茁壮成长。

第十六章 操盘手

谁说中国的国营企业干不好？最近，手头上的几件事，让企业顺风顺水，做得干净漂亮，也极大地增强了我做好国营企业的信心。

这时有媒体要来采访，我虽然没有像别人那样对记者这一职业过于敏感或抵触，但在改革初期的中国，可能还是少说多做为佳。

记得在我走马上任时，爷爷还是把我当作孩子，他习惯用手摸摸我的头，提醒我一句话：

"在中国干事，切记出头的椽子——先烂！"

我不以为然地笑道："我头上没有'小辫子'，谁能抓得住？"

爷爷没有与我争执，见我的头发留得很长，马上提醒我：

"头发不要长得像强盗，一看就不像是一个好人。"

爷爷那个时代的人，干什么眼里都容不得半点沙子。这时只顾自言自语的爷爷，自己也忍不住笑起来……

其实，爷爷并没有说错。我也相信这句歇后语：出头的椽子——先烂！但在当下企业只有依靠改革才能发展的时候，即便前面是万丈深渊，作为一厂之长，我不下地狱，谁下地狱？

确切说，企业是一副棋，我们只是操盘手。

我一下记不清，是哪位外国哲学家说的：

"建筑是凝固的音乐。"

套用这位哲学家的话，我发现并觉得十分得意的是：

"建筑作为建材的下游产品，如果建筑是凝固的音乐，那么建材不就是这个音乐的操盘手吗？"

这句话，我品酿了良久，又觉得建材是有过之而无不及。但对于操盘手的发现，还是让我激动无比。

所以，当我的上万名员工，被我作为一个个音乐的操盘手培养时，他们对自己的职业，顿时感觉优越与伟大起来。

事实上，传统建材企业员工是昔日的"窑花子"，现在一个个都成了国宝级的秦砖汉瓦，在这样的企业工作，那可是一件无比自豪与荣耀的事。

这时管生产的厂长，再也不用发愁招不到人了，现在每个岗位都开始"香喷喷"……

那位死缠硬磨的记者，还是盯牢我不放：

"作为一个企业家，在一年不到的时间里，你是如何'年轻有为''实绩显著''治厂颇丰'的？"

我摇头说："我既不是什么企业家，也没有什么治厂之道。"

"呵，那不可能。"

"如果有的话，那就是我们的工人特别伟大。"

我实话实说，建材这个岗位，谁都知道十分辛苦，但作为一厂之长，就是要在这些苦难中发现美，让工人们感到干这件事有价值，愿意跟着你"嗨"，甚至愿意跟着你疯狂玩命。

于是，我特别喜欢把每个建材工人都当作音乐的操盘手，以至于每次看见别致漂亮的建筑，我都会忍不住拍摄下来。

在我的眼里，漂亮建筑与自然风光是一样的可贵，有着无可复制的美丽……

那些能够营造精致的江南园林的建筑师，那些在假山上盖小亭子的建筑师，当然也很了不起，但他们大概建造不出故宫和金字塔，更主持不了万里长城那样的浩大工程。

而好的建材产品，同样不容许瑕疵。工人制造高品质的建材产品，如同构筑一座宏伟而美妙的殿堂，哪怕有一块砖石不合格，都有可能埋下整体松动坍塌的隐患。

建材是建筑的重武器，其宽大的容量可以充分抒写生活画卷。一个建材工人要制造出好的产品，关键是要具有像土地那样的"宽广胸怀"。

胸怀宽广者，胸中有大沟壑、大山脉、大气象之谓也。要有粗粝莽荡之气，要有容纳百川之涵。此言不谬，但我以为还需要补充一点：要把建材产品制造好，光有"大"视野还不够，还需要"小"切口——就是要从小处入手，从细处把握，需要工匠精神。

当然，要让工人愿意为社会创造更多财富，离不开各种激励机制。在1984年，那时奖励还是受到许多条件限制，但我始终强调工人要为企业工作铆足劲，厂长必须为工人生活减负荷。

祸兮福之所倚，福兮祸之所伏。

这天分管企业财务的厂长，满头大汗找到我：

"不好了！我们企业的账户，被省财政部门封掉了！"

我赶紧问："为什么？"

"听说，省财政有笔巨款通过我们企业账户走账，再转账到别人账户上。"

我被说得云里雾里，忙找谢秘书传话，她不在。那个时代还没有手机，找人最便捷的方法就是靠电话。我让企业总机直接将电话挂给财务处长，"嘟——嘟——嘟"，没有人接。总机找到同处另一个副处长，我让他跑步到厂长办公室。

转眼工夫，财务副处长上气不接下气来到我办公室，我大声问：

"你知道企业账户被封的事情吗？"

财务副处长很惊讶地说："一周前就封了，我们金处长没有向厂长报告？"

我一下汗毛竖起："什么？！"

财务副处长将他知道的情况，一五一十向我汇报。省财政企业处分管我们省属单位的戚科长，老家是温州永嘉，他的同学在老家办了一家个体建材企业，急需一笔巨额周转资金。我要求财务副处长说得更具体一点。

那是年初的一天，一大早，省财政企业处的戚科长火急火燎来到企业财务处，找到金处长要求帮忙：

"请帮我的老同学一个忙！"

金处长还与他开了一个玩笑："一定是戚科长的女同学。"

戚科长也不隐瞒私情："有过一段恋人关系。所以，我这才回避不了！"

"那需要我们怎么办？"金处长着急地问。

戚科长这才为难地说："只要借你们企业账户走一下账。"

他说他好不容易，通过省财政为老同学借到一百万元周转资金，但只有通过省属企业的账户，才能转入老同学的企业名下。周转时间为半年，届时再从我们企业账户归还到省财政。

听到这里，金处长愣了一下：

"这行吗？"

谁都知道，这个"移花接木"的做法，是严重违反财务纪律的。

所以，戚科长又轻描淡写地说：

"好在仅是半年时间，这事我就不与你们厂长说了，你大处长挑一下担子。"

金处长为难地说："厂长这段时间不在家，去参加厂长统考学习了。是不是请在家的哪位领导表个态，这样操作起来可能更加顺利？"

戚科长这时开口笑起来："不瞒你说，我已找过王广舟副书记，他是老省级机关的人，我们沟通起来有共同语言，还是他让我来找你说一下的。"

一看戚科长就是会办事的人，只见他让金处长拨通王广舟副书记的电话：

"王副书记好！省财政厅企业处戚科长有点事，我向你报告一下。"

王广舟副书记在电话另一头马上指示说：

"不要说，我都知道了。我们省属企业一直离不开戚科长的支持，今天省领导是'一方有困难'，我们务必'八方予以支援'。"

王副书记把"省领导"几个字强调得特别重大。金处长还想多解释，早已被王副书记顶了回去：

"你们财务业务我不懂，但不要以为我们做政工的说话不顶用，你金处长今后要提拔重用，我这个管组织人事的书记，说两句还是有分量的。"

出于对上级部门领导的尊重，还出于王广舟副书记的压力，财务处金处长几天后就帮戚科长办好了一百万元资金周转手续。

这笔百万资金，在那个个体"万元户"还是凤毛麟角的年代，应该算是一个天文数字。

倒霉的是，戚科长那位我们谁也没有谋过面的恋人，六个月的还款时间到了，她竟然无法兑现。七八个月时间过去了，美女仍然没有下文。直到九月，省级财政那个窟窿无法弥补了，人们这才顺藤摸瓜，找这笔资金找到了省建材总厂。所以，立即将省建材总厂账户封掉，再将借款的戚科长昔日情人抓了起来。

听到这里，我彻底傻眼了，大声骂道：

"简直混蛋透顶！"

当务之急，我倒不是担心害怕戚科长被抓，拔出萝卜带出我们企业的人，而是担心企业账户这一封，猴年马月可以解冻？这样无休无止拖下去，最终要影响企业的生产经营。

要知道，资金是企业的血脉，血管没有血液，工厂生命危在旦夕，企业随时随地都会一命呜呼！

怎么办，怎么办？我让分管财务的厂长，火速到省级主管厅局求救。

……

祸不单行，时间推至 1984 年 10 月初，说有一股强台风，要从沿海登陆。

海边的人都知道，台风是我国沿海地区常见的自然现象，由于它的无法控制性和巨大的破坏性，常造成严重的经济损失和人员伤亡。

在交通方面，台风更易导致交通阻断，引发运输事故。因此，在台风季节，必须考虑应急措施，以预防恶性事故的发生。

必要时，制定应急对策。企业根据气象服务部门所提供的气象信息和指导，提前在一至两天采取对应措施。

制定台风应急程序时，企业应急总指挥部需要根据预报的台风种类、强度、登陆点确定相应的应急行动措施。由于台风会影响工作、生活、交通等各个方面，因此，企业内每个部门都应在台风到来之前部署好应急行动，以保证人员的安全。

但出乎预料的是，这次是强台风、大潮水、大暴雨一起来，我们叫"风雨潮"三碰头，这样的话它所带来的灾害会更加严重，特别是沿海地区，很容易出现海水倒灌。

没几天，一场百年不遇的特大暴雨袭击了乡镇工业区，我们企业与吴一荣联营的那家建材厂危在旦夕，特别是龙卷风的洗劫，一时间砖瓦横飞、树木折断、房倒屋塌、断水停电，灾情不断。职工们陷入慌张惶恐的境地。

"险情就是冲锋号，灾情就是动员令。"

厂长吴一荣得知灾情，心急如焚，他不顾那几天身体不适，冒着倾盆大雨，以最快的速度驱车赶往事发车间，第一时间出现在受灾职工群众面前。虽然他浑身湿透，形象无比狼狈，但很好地稳定了受灾职工的恐慌情绪，给他们打上了一针强心剂。

吴一荣信奉："职工的安危，就是我们的安危。"

面对遭遇龙卷风损害严重的场面，面对突如其来的天灾造成的巨大破坏和全厂职工群众手足无措的混乱场面，吴一荣看在眼里，急在心里，但有一条原则，不能发生人员伤亡，即：

"一定要快速把干部职工组织起来，实施自查自救！绝不能出现人员伤亡！"

于是，他冒着如注的大雨，组成抢险自救突击队，进行临战动员：

"迅速查看最需要救援的人，快速检查厂内危房和用电线路，防止发生房塌伤人和触电亡人！"

随着吴一荣发出的一道道指令，企业干部职工纷纷投入到排险自救之中，及时排除险情、清理危房、转移人员，避免了人员和财产发生更大损失。

可见，百姓的利益大于一切。次日凌晨，随着持续倾注的暴雨，不少职工宿舍都进了水，而且水越进越深，形势危急。

吴一荣此时已感觉满身疲惫，浑身乏力，并且有些头晕目眩，他知道自己高血压犯了，应该喘口气休息一下。但一想到一厂之长的领导责任和眼前这严峻的形势，他内心深处油然生起一股责任感和使命感，激励他继续投入到抢险救灾工作中。

此时，厂内早已断电，漆黑一片，吴一荣就和厂干部深一脚浅一脚地逐户查看房屋进水情况，对屋内有积水但又不愿转移的人，耐心细致地做好说服工作；对少数职工因不满而说的牢骚话、抱怨话、责骂话，都笑脸相对；而对那些职工家属中需要转移而又行动不便的老人和残疾人，亲自动员救助，想方设法把他们转移到安全的地方。

经过不懈努力，吴一荣和厂干部先后动员并转移了上百名职工，转移完毕时，天已经放亮了。而吴一荣由于连续三天的抢险救灾工作，身心交瘁，他一屁股坐在一堆倒塌的砖瓦坯子上，说：

"我太累了，我真想倒地睡一觉。"

不待人们走到他的身边，他被秘书抓着的手突然松脱，头部朝着太阳升起的东方轰然倒下。

谁都没有想到，吴一荣由于突发性心肌梗死，永远倒在抢险救灾岗位上……而他始终坚守着"群众利益大于天"的信念，以一个"泥腿子"企业家的赤子之心，奋战在抢险救灾第一线，赢得了职工的广泛赞誉……

作为协作企业，吴一荣突然因公殉职，乡镇工业区遭遇龙卷风，表面上看属于不可抗拒的天灾人祸，从更深层次人们不难发现，对我极力推进的企业转型升级改革，可能是当头一棒，甚至还是致命一击。

有人说，江南山里这一乡镇工业区的命运太悲催了，吴一荣厂长的命太苦了。而当我们国营企业与乡镇协作办厂的改革功亏一篑之时，是不是应了当时社会上流行的一个说法——

企业不转型升级是等死，而主动转型升级了是找死。

这天是吴一荣去世"五七"日，人亡后第三十五天叫"五七"，对死者家属来说是满孝之日，都要到坟上祭祀。上"五七坟"时，死者亲属要带着金银山、摇钱树、聚宝盆等纸扎和供品祭祀。

按照当地乡风民俗，习惯半夜三更上坟祭祀。

传说，"五七"这天，是死者所有祭祀活动的结尾，这一天阎王殿的五阎王要来最后考察死者是进地狱受罪，还是脱胎再转轮回。这五阎王非常严厉，铁面无私，唯一的软肋是他做人时没有女儿，所以对于有女儿的人就一般宽容一些，如果在他最后审核时听见死者女儿的恸哭，他就马马虎虎，放死者一马了。

所以，"五七"这天，吴一荣的一个闺女，清晨在坟头悲恸欲绝，哭声震天。

谢秘书得知当地有"哭坟"这一乡风时，在悲痛难抑中，提前为吴一荣厂长写了一首诗。

活着
你不相信笑容，
死去
你不相信眼泪，

生而不死一千年，
死而不朽一千年，
倒而不朽一千年，
你是秦砖汉瓦中的——
一棵胡杨。
你的胸怀大建材，
你的深情在泥土。
……

这首诗被人用毛笔抄写在一沓白纸上，压在吴一荣的坟头上……

这天一大早，天还未放亮，我已经起床，准备搭乘第一班飞机，赶过去参加吴一荣的"五七"。

就在这时，"咚咚咚"的急促敲门声打破了清晨的宁静，我问什么事。

那人上气不接下气向我报告说："厂长，不好了！砖瓦取土泥塘大坝出现溃漏险情。"

我骂道："这么好的天气怎么会发生溃坝？活见鬼！"

我边说边与那人赶往出事地点。企业取砖瓦泥源的大塘，一面靠山，三面环水，占地面积近千亩。随着取土点逐年加深，目前似乎已开挖到岩石层，可见取泥土的深度，也说明资源面临枯竭。

所以，企业长期以来重视生产安全，但不怕一万，就怕万一。大堤上增设了二十四小时巡逻的巡逻队，以防塌塘溃坝。如果这里事故属实，整个建材企业中的砖瓦分厂，将面临全部停产，每天损失至少千万元。

时间就是生命，我以百米冲刺速度赶到溃坝点，见生产厂长已在现场，他告诉我：

"巡逻队在大堤上巡逻时突然发现，一处约百米宽的大坝下面出现了十多处管涌，汹涌而出的洪水，顷刻间可以将近千亩的取泥专用铁路线及取土设备毁于一旦。"

转眼间，河口已在大坝上撕开十来米的缺口，已经能听到河水咆哮的怒吼声。时间不等人，我在第一时间发出紧急通知：

"马上紧急广播，通知全厂干部职工抢险护塘！"

洪水无情，生产厂长先带领部分员工，抢在河水淹没之前，将泥塘中的部分机械设备抢救上来。

我迅速组织了由数十名职工组成的抢险队，跳进齐胸的河水中，打桩、填沙袋、拉铁丝、铺蛇皮袋，打下一百来根木桩，铺下一千多袋装满泥土的袋子，大坝缺口还是没能堵住。

这时有人不知从哪里找来两条七吨的水泥船，抢先沉到大坝缺口处，只见缺口马上收窄。现在如果再有两条船沉下去，估计可以立竿见"堵"。但是一时半会儿到哪里去找呢？

这时有人见到塘边装草包的推土机、抓土机，大声建议：

"厂长，将那辆快要报废的推土机开过去堵缺口吧！"

我快速决策拍板说："好吧！"

先前提建议的那位员工，飞也似的调来推土机，就在那辆推土机快接近缺口时，可能穿梭的人们都没有注意到，推土机的履带竟然从正在埋头装草包的谢秘书身上碾过去。

待人们发现大呼，推土机这才停了下来。王广舟不知从什么地方冲出来，一把抱起谢秘书，只见谢秘书已经五孔出血……

这时，我也从河水中爬上岸，冲向谢秘书，但一切为时已晚。

我气急败坏爬上推土机驾驶室，发现是王广舟的舅姥爷，那个已被建材总厂开除的仓库保管员朱稳根，此时我气不打一处来，抓住他的领口就是一个巴掌。

我又将他拖出驾驶室，但他没有还手，反倒大声向我解释说：

"我是建材总厂的家属，抢险护塘是我应尽的义务！"

这时，朱稳根发现我要去驾驶推土机，忙又跳上驾驶舱，大呼：

"厂长，这台机器我熟悉。"

他知道堵大坝分秒必争，没有多余时间解释，干脆一拳向我劈来，打得我眼睛直冒金星，接着趁机一把将我推出驾驶室，只见朱稳根最后高呼：

"同志们快闪开！建——材——厂——万——岁——"

只听"隆"的一声，大坝缺口中砸出巨大水柱，片刻洪水就截住了，人们顺手投出一批草包，大坝缺口终于被堵住了，而我这时才回过神来高喊：

"老朱——老朱——"

我的叫喊声引来惊天的回响，这时泥塘洪水也一下停止了咆哮，留下遍地狼藉的溃坝遗痕……

接着，还有人冲着高天大地呼喊："小谢——小谢——"

但是叫天不应，叫地不灵，大地始终低沉无语……

不管他们过去怎么样，他们在紧要关头为企业为人民贡献了自己的生命，从今天起，他们就是这个时代真正的英雄。

此刻我眼含热泪，好像还能听到他们的心跳，感受到现实的脉动，这是平凡中的伟大、质朴中的崇高。

也许他们最后带走的只是一身尘土，或者是一脸朴实，但他们已经用不同寻常的言行，书写了属于当下，属于我们的英雄史诗。

　　我不知道，什么是这个时代实践的生动写照，什么是这个时代美好心灵的真实观照，什么是这个时代崇高精神的光彩映照。

　　也许，一个没有英雄的民族，是一个可悲的民族，而一个拥有英雄却不知道爱戴他们拥护他们的民族则更为可悲。

　　难道今天突然撕开的泥塘大坝，也是苍天为吴一荣的"五七"爆发的哭泣？但你怎么能如此悲壮与沉重——为什么用这种方式来惊天地泣鬼神呢？

　　不错，时代的进步，离不开英雄的光彩夺目，尤其是像眼前这样默默无闻的"平凡英雄"。即便他们仅是一个操盘手，他们也永远是这个时代的盖世英雄。

第十七章 红窑里

突如其来的溃坝事故，对一个企业或一个职工来说，真是飞来横祸。

先是死者家属"大闹天宫"，有点让我出乎意料。

我是一厂之长，死者都是我的员工，都是为企业献身的。再加上谢秘书作为我曾经的恋人，不管关系如何，她的家属我得亲自安抚；朱稳根虽然被开除出厂，但他是为我厂牺牲的，他的家属我也得亲自安抚。

接踵而至的是，受塌塘牵连的单位或个人也纷纷上门清算：

一边是水利、交通运输、养殖户等报损索赔，我不出面答复，他们就堵企业厂门；一边是没有想到的损失，塌塘口百米之外是这个城市自来水取水口，断流让几十万老百姓没水喝了，而河对岸的一家军工企业的地基，由于顺势出现下沉，引发上百台精密机床停运，这个损失更是无法估量。

这时我还想到一个人——王广舟副书记，这个人不得不提防些。因为塌塘遭遇不测的两人，对他来说手心手背都是肉：

一个可谓是他的红颜知己，一位是他的舅姥爷，他至今想不明白的是，这位曾被厂长开除出厂的人，怎么在紧要关头还愿意为这个厂长去卖命呢？

现在企业四面楚歌，而我仿佛成了过街老鼠，你说我这厂长当得多么窝囊。

而这时，我不知怎么又憎恨起朱稳根，当时你的推土机为什么不从我身上碾过？或者，为什么非要将我逼出推土机驾驶室？如果没有这些，是不是至少我少了眼前这些谩骂与痛楚……

再回想自己做了快一年的厂长，除了自我觉得问心无愧，对得起"厂长"两字之外，留下更多的或许是一颗快要支离破碎的心。

这时我吃惊地发现，国营企业干到最后，怎么会是这样的呢——

人亡家未破，
妻离子不散，
苦大没有仇，
……

想到这里，我顿时害怕起来，甚至有点后悔莫及。

是啊，早知今日何必当初？

尤其面对死亡，我从小就有一种莫名的恐惧。五岁那年，外公去世，看到那漆黑的棺木、那浓烈的香火和那硕大白色的花圈，尽管身边人来人往，心里却害怕得要命。

夜幕降临时，我干脆偷偷躲进邻居家中，吃晚饭时，听见爷爷在外面焦急地呼唤，我都不敢应答……

人的生命怎么这么脆弱，我眼前的吴一荣、朱稳根、谢秘书都是猝然离世……在那个十分看重身份的年代，我同样不明白的是，一个堂堂正厅级国营企业大厂长，怎么与赤脚走在田野的农民好像没有区别，一切都得"听天由命"。

我知道我的许多想法是错误的，尤其企业到了这个生死存亡的时候，唉声叹气甚至回避只能表明自己的无能懦弱。想到这里，我的脑海里蹦出一句话，"不在沉默中爆发，就在沉默中灭亡"。我不甘心就此消沉，让一个好端端的国营企业，成为一个时代的牺牲品。

于是，我又赶紧跑过去找到老厂长、黄书记等我信得过的一些老领导，商量着企业下一步的打算，我称之为寻找企业安身立命之本。

确切说，我们应该面对自己，找到面对死亡、面对信仰和面对企业文化环境的方法，尽快适应我们这个时代，推进我们的企业发展。

看来经过这么一折腾，我们已经大伤元气，不能相信什么，也不能信任什么；不能不相信未来，也不能不相信历史。此时基本上属于非常矛盾的状态。

说得文雅些，对于所有的过往留下的记忆，其实美好的也不是很多；对于未来，我们仍然有憧憬，但是已经大打折扣。好在这个时候，企业转型升级方案很快得到了省级主管部门的批复。

宣布方案的前一天，我提出要带班子成员参观余姚河姆渡，顺路拜访一下当时乡镇企业的旗帜吕冠球厂长。

汽车走了大半天，走得很辛苦才抵达杭州湾不远处的河姆渡遗址，只见王广舟一脸的茫然：

"我们走了这么多山路，难道就是看河姆渡口，用三块巨石垒叠起来的石门楼？"

估计像他这种想法的人，不在少数。

我忙解释："王副书记，你一路上说，要创造建材总厂自己的品牌，什么叫品牌？阿玛尼是品牌，香奈儿是品牌，那么河姆渡就是七千年的品牌。"

王广舟没有想到，我会用他的话来反驳他，他顿时哑口无语：

"荒唐啊，荒唐！"

我又耐心解释道："也许，我们到处可以见到这些石头，无论穷富，建筑少不了石头，但留在这里的石头就是河姆渡品牌。"

话说到这里，王广舟不依不饶起来：

"走几个小时山路，就为了看看几块石头。怪不得我们企业要死人呢！"

他的话引来一片笑声，我也只能跟着一声苦笑。

后来，大家从遗址出来，有人发现，河姆渡七千年前"干栏式"建筑，对我们搞建筑材料的人启发很大。

还有人说，那时"长脊、短檐、高床"的设计特点，构筑出高于地面的架空层，人字形坡屋面上耸起五至七组交错构件，象征着那时前榫卯木作技术，再配以土红色波纹陶瓦、炒米黄毛面墙砖，显得古朴、野趣，与河姆渡文化融为一体……

听到这里，我的眼圈不知怎的一下湿润起来，在心里哀叹道：

"今天中国企业中的文盲早已消失了，但'美盲'愈来愈多。"但我没有说出口。

作为老资格的黄书记，是经过战争考验的老干部，这时他慢声慢语说道：

"通常，缺乏审美力是搞建筑材料的绝症，知识也解救不了他！"

这么富有哲理的话，如果不是亲耳聆听，谁也不相信这是出自所谓的"大老粗"之口。他一开腔，一般来说没人敢顶嘴。我曾说过高手在民间。所以，一路上，我在努力回味着黄书记的训语，感叹着什么叫"一句顶一万句"的威力……

参观完河姆渡，我们顺路拜见吕冠球厂长，他劈头就说：

"得知你们企业遭遇灾害，先向你们表示慰问！"

"呵呵！"

我心里咯噔了一下说："谢谢吕厂长的关心！"

他接着说："古语云：邻居好，赛金宝。你们有什么困难，需要我帮忙的，就说一声。"

我一五一十谈了企业状况，以及下一步恢复生产计划。说到动情之处，我的声音几次哽住。

最后，吕冠球向我们建议道：

"我看可以利用企业腾退的传统建材区块，开发房地产。"

大家知道，房地产那时在中国还是一个概念，敢说这话的人，必须有着非凡的勇气。我代表企业对他的建议再表感谢，吕冠球以为我思想还没有转过弯，马上对我进行洗脑：

"不管今后我们发展什么高端产业，只要工业没有结束，城市化没有饱和，人口没有停止增长，房地产业与建材工业一样，一定是这个国家经济的支柱产业，因为产业链条最长，就业人口最多，对经济的拉动最直接。"

我没有想到一个乡镇企业的厂长，会在一个国营大企业厂长面前，说出如此铿锵有力的话。我不知道是我平时学习不够，还是国营企业长期吃国家大锅饭，养成了"饭来张口，衣来伸手"的惰性。莫非是体制机制将我们国营企业的员工一个个宠坏了？

我平复了一下自己的情绪，向眼前这位前辈投去敬仰的目光："你解放了我的思想！"

这时吕冠球又像兄长一样，安抚着我们说：

"别傻了！当初我们乡镇企业起家，全靠你们国营企业支持。今天你们暂时遇到一点困难，我们乡镇企业怎么不应该两肋插刀！"

吕厂长一番推心置腹的话，令我们坐不住了，大家感动得全部站起来，对着他拼命地鼓掌。

吕冠球大手一挥，又说道：

"我看这块房地产取名就叫美之园！"

美之园，顾名思义，美丽的家园……

直到现在，我有时间都会回到老厂去看看。几十年过去了，每当走到建材厂区旁，仍能见到一幢幢古色古香的建筑，我都会停一下脚步，感受一下当初吕冠球钦点的"美之园"三个字，我不知道还有没有人记得这事。

历史一定不会遗忘：曾经有一位民营企业的老总，在一家国营企业最困难的时候，主动为国家分忧，在这田野上留下浓墨重彩的一笔。从某种程度上说，此举表明，国营与民营可以共同发展，共同前行，相得益彰……

好在发展是辩证的，所以我可以苦笑说："坏事有时会变成好事，无论遇见什么险恶，哪怕被逼到悬崖边上，向前你可能会死里逃生，向后你只有死路一条！"

大概是我在企业平时为人积德多，如今在企业最困难，甚至最危险的时候，总会得到贵人或高人的眷顾。

这不，除了刚刚说的吕冠球，没有几天，我又遇见国内一家如日中天的文化企业老板，他看重的是建材企业所在地的文化历史。厂里上年纪的老职工说，百年之前，这里是一个著名的湖区，后来围湖造田，原来一望无边的湖泊，慢慢变成一条小河溪。

后来人们一翻历史，这不得了，这湖区有八千年历史，先民与湖区山水共处，谱写了湖区壮阔的历史篇章。

在湖区，他们有的筑湖保湖惠百姓，有的步入仕途成名臣，有的研究湖区写专著，有的选此作为归宿地，有的办学教书育英才。他们与湖区结下不解之缘，他们的名字与湖区紧密相连，他们是湖区的历史名人。

当我读了他们留下的文章词句，听了他们与湖区之间可歌可泣的故事，仿佛感受到那些年发生在湖畔美丽动人的画面……

于是，这家文化企业帮助我们企业策划以建材厂倒塌的泥塘为中心，打造一个"给我一天，还你万年"的文化主题公园。

具体做法是用先进的声、光、电科技手段和舞台机械，以出其不意的呈现方式演绎良渚古人的艰辛、宋代皇宫的辉煌、岳家壮士的惨烈、梁祝和白蛇许仙的千古绝唱，把丝绸、茶叶和烟雨江南表现得淋漓尽致，极具视觉体验和心灵震撼。

当然，这只是一张蓝图，要真正付诸实施可能还有一个过程。特别是改革开放初期，人们的思想阻隔很多，许多在今天都是顺理成章的东西，在那个时代可能就是破天荒的大事。

就在人们憋着劲儿，为着企业重整旗鼓，准备东山再起时，企业又发生了一个大事件：警察来到厂里将财务处金处长直接逮捕了。

我马上找保卫处长，他也不知道，问：

"是不是与省厅戚科长案子有关？"

我很生气地责问："不要是不是。企业员工被人家抓捕，连保卫处长都不知道为什么，岂有此理！"

"是，保卫处有责任，我们马上查。"

望着保卫处长匆忙离去的背影，我这才长长叹了一口气，并责问自己：这世道怎么了，企业难道真的是到了"人走财散"的地步？我不敢往深处多想……

这时，财务处的副处长匆匆忙忙跑过来向我汇报：

"财务账户冻结至今，企业流动资金一分钱都没有了，职工已两个月未发工资……"

一连串因资金短缺带来的问题，似一群饿狼向企业直扑而来，不管我们反抗或不反抗，都将难逃厄运，必死无疑。

怎么办？怎么办？十万火急！

我先问这位副处长："你看怎么办？"

他想了想，说："眼前只有三条路，一条向人家企业借一点，如向吕冠球求救；一条自己预筹一点，如预收部分现金货款；还有一条请职工支持一把，如职工工资先打白条，同时从职工手上再筹集一些资金。"

我快刀斩乱麻，说了一句狠话：

"不管你采取什么办法，哪怕砸锅卖铁，财务必须确保企业运行不断供！"

"呵——"

副处长的这一声，似乎又提醒了我什么，我马上一个电话，冲着分管财务的副厂长吩咐道：

"鉴于厂财务非常时期，一是请你马上开一个资金紧急会议，提出一个切实可行的企业资金筹措方案。二是财务处这段时间的工作，委托副处长临时主持。"

谁都知道资金是企业的命脉或血液，资金管理对企业的生存与发展具有极其重要的意义，抓住抓好资金也就等于管理控制住了企业的生命线。在这个关键的节骨眼上，我们的企业能否起死回生，也许这是我们抓在手中的最后一根稻草。

该死的是，保卫处长跑到公安局要人，竟然又以妨碍公务被扣押。

看来我必须亲自出马。直接赶到公安局长办公室后，我自报家门，局长当然不敢怠慢，我对他要求道：

"请将我们保卫处长，还给我！"

很快保卫处长被带到我面前，我听他嘴里嘀咕着：

"没想到警察还有这么不讲理的。"

我心里多少有点数了，又向公安局长要人：

"请将我们财务处长，还给我！"

这下局长急了："你懂规矩吗？他是通过正式手续逮捕的人。"

"为什么？"

"与省财政厅那个科长是窝案。为了通过从你们厂账户走账，他收受对方好处费三千元。"

三千元在每个月工人工资才三十来块的时候，的确是一个天文数字。但我还是得理不饶人：

"警察懂规矩吗？你们抓人为什么不通知一下我们组织部门？"

那位公安局长也不是吃素的："警察抓坏人，是天经地义的，这就是规矩。"

当然我也不是好惹的："关键是财务处长是我的人，你们从我眼皮底下抓走了人，至少得跟我们组织部门沟通一下，这是起码的规矩。"

保卫处长坐在椅子上晃起二郎腿，而公安局长被我如此当面教训了一通，他哪能放下面子，这时反被我一下激怒起来：

"这里是警察机关，请你们出去，别给我讲这些废话，好吗？"

这几天为企业的事情，我早已窝着一肚子的火，现在被局长大人点起来，仿佛是导火线遇到炸药，我岂会轻而易举放过他。公安局长见到过形形色色的人，敢在警察面前拍桌子骂娘的，他是平生第一次见到。局长也吃不准我究竟有什么来头，马上软下来问：

"请问厂长大人，你还有什么要求，只要我能做到。"

我立刻得寸进尺地说："马上传话给财务处长。"

局长颤抖并为难地说："这恐怕不合规。"

我知道怎样都是白说，干脆提出借用一下电话："让我打一个电话！"

局长不知我葫芦里卖的什么药，当他见我一个电话打到省武警支队长那里时，他傻眼了。因为圈子里面的人，都知道她的厉害。

我大声说："喂，美女武警，我是省建材总厂……"

"我听出来了，大厂长有何贵干？"

"我是无路可走，找队长告状的。"

"呵，说吧——"

我怒气冲冲，把企业人被抓、账户被封的事说了一遍。美女武警听明白后，忙询问：

"请问大厂长，要我解决什么问题？"

我连珠炮似的提了几个建议：

"一是马上停止查封企业账户行动，不要因个人犯罪，让企业负连带责任；二是不得随意到企业抓捕人，要公开向企业道歉，必要时将财务处长还给我们；三是公安部门随意扣押代表企业来处理问题的保卫处长，这是明知故犯，必须当面认错……"

美女武警知道我是鸡蛋里挑骨头，可谁让警察办事如此毛里毛糙，让人家抓住把柄。所以她听到这里还是打起圆场：

"这事我们办得是有欠缺，请允许我向贵企业表示歉意。但关于这几点建议，我认为第一点还在理。"我知道美女武警处理事情会打折扣，所以故意多说了问题，待她七折八扣后，我想多少可以解决些问题。

这不，我也在电话一头笑了："看来狗嘴里吐出象牙了！"应该说今天美女武警给足了我的面子，这是出乎意料的。

也许面对一个濒临破产的企业，每个人的人性光芒都会绽放出来。

这时听筒里还传出她那玫瑰带刺的声音：

"你在说我什么坏话？喂喂，帅哥，帅哥——"

我甚至来不及向她说一声感谢就已经扣上电话，调头就往企业方向飞跑，而且边跑边喊：

"企业有救，企业有救了！"

因为企业被断资金流害苦了。路人见我如此疯狂的样子，以为遇见一个疯子，纷纷闪出一条路来……

第二天，在召开的全厂职工广播大会上，我要求大家清楚地看到，当前企业内外部不利因素交织，有天灾也有人祸，但相信这是我们发展中暂时的困难与问题。

一方面我们全厂干部职工的精神，需要及时调整。面对当下的企业发展环境和困境，一些人畏难情绪抬头，消极心理蔓延，进而求平安的心态增多，不作为现象随处可见，导致具体工作中的人为掣肘依然不少：

本来厂里可以定的事，非要经过省厅里定；

本来可以口头说的事儿，一定要开会形成纪要；

本来一天可干完的活儿，现在一周都难结束……

另一方面我们发展中的困难需要及时解决，只能通过企业改革、企业转型发展来解决。相信广大干部职工只要认准方向，扎实工作，不断增强发展活力和内生动力，企业一定会重振雄风。

在企业改革关头，常常是勇者胜，气可鼓不可泄。越是形势困难，越要鼓足精气神；越是在滚石上山关键期，越要憋住一口气。

因为振兴建材不只是我们一家企业的发展问题，也是国家的一个重大战略。从长远来看，我们具备经济良好发展的基本条件，再大的困难也是暂时的。只要大家勠力改革，给干事者撑腰，给创新者扶持，我们一定能在众志成城中，找到重振之路。

……

　　如此广播动员大会，仿佛是战场上吹响的集结号，一下子振奋起干部职工的精气神。加之企业资金通道打通，就像人身上流淌着血液，一个个项目马上鲜活过来，一个个过剩员工马上得到转岗安置，整个企业又开始恢复往日平稳运转的良好局面。

　　这时有人提出，赶紧将那些废弃的烟囱砖窑炸掉，我思考良久，对生产计划部门负责人下了一道指令：

　　"请手下留情！"

　　最后我限定他们在一周内，拿出一个切合实际的方案，把传统建材废弃场，打造成创意民宿——红窑里，以延续建材工人对砖窑的不舍情怀。

　　一周之后，此方案正式出笼，我又要求公开征求厂内外意见，没想到好评如潮。

　　为了留住父辈的记忆，我在改建上格外用心，专门请来一家设计公司做改建规划，民宿整体建筑全部采用厂里保留下来的红砖和瓦片，不加粉刷，搭配钢结构和玻璃幕墙，每个窑洞都是一个独立房间，共三十六间房，可供七十名游客住宿。

　　全厂有四个旧式轮窑、一个现代隧道窑，统统改为民宿。同时还配备了餐厅、酒窖等，正好打造成一个配套齐全、风格独特的度假酒店，古朴中透着时代感。

　　将废弃砖窑改造为生态时尚的精品民宿酒店，这也是将对环境有污染的传统加工业转为现代服务业的典型案例。这个方案在那时是十分超前的。

　　两个月的改造建设后，"红窑里"正式开业，人气火爆，为了留住游客，"红窑里"还设立了农业园、花果长廊，吸引游客饭后散步、拍照留念。

　　下一步，还将开放烧制红砖的老机器参观区等，游客可以亲手体验烧砖技艺，这样可以吸引大批游客并带动周边的旅游人气……

这个项目从效益角度看，当月投资当月回收，是企业投资最省、见效最快的买卖。过几年，待周边"主题文化公园"等设施上马后，老厂区与新区将连成一片，到那一天，我断定将是企业迎来的又一个春天。

望着眼前，"红窑里"处在青山绿水之间，整体设计完全保留了之前砖窑的结构，只是把过去一个个烧砖的窑洞，变成了一间间精致的客房。

在此住宿，冬暖夏凉，风景优美，成了城里人休闲观光的理想场所。

第十八章　尾声

或许没有一种企业竞争力是永恒的；

或许没有一种企业资产是稳固的；

或许没有一种商业模式是长存的。

在这里，我不是为自己脸上贴金，1984年那个时候，我们做企业，思想非常单纯，用老祖宗的话说："为天地立心，为生民立命，为往圣继绝学，为万世开太平。"但吃不透的是政策多变，使得一些人中枪落马，大浪淘沙这也正常。

在那一波企业改革浪潮中，我总觉得机遇可遇而不可求，所以就知道拼着命干，整天就是"白加黑"，上下班是披星戴月，两头见不到太阳。

如此埋头苦干，不抬头看路，就知冲锋陷阵，疲于奔命，可能人家还不领情。这不，王广舟终于熬不住了，向我提出了抗议：

"你是单身汉可能没问题，我们都是拖儿带女有家室的人。"

经他这么一点拨，我恍然大悟，忙说：

"我只想到大家，忘记了小家。真的对不起，都是我的错！"

这是我第一次在王广舟面前低头认错，反倒引来他大笑：

"哎呀，今天太阳怎么从西边出来了？"

我只看了他一眼，没有搭理他。谁让那时的国营企业负担那么重，除了没有火葬场，其他什么都不缺。可谓上面千条线，下面厂长一根针，你说这个厂长不忙死，就算便宜你了。

王广舟估计猜到我想说什么，又大言不惭地说：

"厂长你真的不要事必躬亲，何不放点权？"

我本不愿意与他再周旋什么，现在经他这么一挑逗，我冲着现状诉苦道：

"什么厂长负责制，只有责任没有权力。"

在那个企业荒的年代，一切都无法按套路和规矩出牌。于是，我只能长长叹了一口气。

听到我的叹息声，王广舟心里一下乐起来，对我又眯着眼说：

"估计后面有你的好戏！"

我一下子没有听懂他的话，也懒得问他说的是什么。对他这种人，我的处世哲学是，惹不起躲得起，所以，我调头就离他远远的……

当然人是可以躲的，但时间你是躲不过的。你看这时间过得真快，就像厂门前那条大河的河水流逝，转眼 1984 年这一年即将过去。

这天下班，我早早打发大伙儿回家，自己躲到宿舍灯下，草拟对全厂职工的新年献辞。

本来谢秘书在，这活儿我只要给她一个提纲，下面就没我的事了，但现在唯有自己亲自操刀：

——新的一年，企业蓝图已经绘就，说一千，道一万，不如是"两横一竖"——一个干。我们要按照"一年打基础、两年见成效、三年大变样"的企业发展目标，大干大变样、小干小变样、不干不变样……

——新的一年，道虽远，不行不至；事虽小，不为不成。这就需要我们既要"苦干"又要"实干"更要"巧干"……

　　——新的一年，我们要牢记鲁迅先生的话："我们从古以来，就有埋头苦干的人，有拼命硬干的人，有为民请命的人，有舍身求法的人……这就是中国的脊梁。"相信今天是痛苦的，明天更痛苦，但后天会幸福。

　　……

　　写到兴头上，正是下笔如有神。

　　就在这时，一阵急促的敲门声，打断了我的思绪。

　　我忙抬头问："谁？"

　　这时只听到外面的人，压着嗓子说话：

　　"快开门！"

　　我忙打开宿舍的门，见保卫处长满脸鲜血，惊讶地问道：

　　"怎么回事？"

　　保卫处长这才上气不接下气，慌乱地向我说：

　　"厂长，快逃离这里吧！吴一荣厂子那边的警察准备来抓捕你。现在被我让厂警挡在厂门外。"

　　我吃惊地"啊"了一声。

　　想到前几天，王广舟"后面有你的好戏"的话，此刻真的一语成谶。

　　我急切追问：

　　"这究竟为什么？"

　　厂保卫处长冷静下来说："我猜是不是前些日子，吴一荣为了感恩送你一万元，他们不知道你已主动上交保卫处……本来我们第二天退还，又遇吴厂长突发心脏病猝死……所以，为防资金丢失，我们转交财务保险箱，择机处置！"

　　……

　　呵，我用手拍打了一下自己的脑门：

"怎么稀里糊涂，去收吴一荣的钱呢？"

问题是那天，吴一荣死活说是资料，让我带回家再看。这不，让人家抓住把柄了，你说我是不是罪该万死？

我向保卫处长急切打听：

"这事是不是，死无对证了？"

保卫处长拍着胸脯："怕什么，有我们作证！"

我总觉得这事有点蹊跷，马上又问保卫处长：

"吴一荣对我行贿的事，还有谁知道？"

保卫处长想了想："应该还有一个人，与财务处长关系密切的王广舟，他一定知道。"

我又吃惊地"呵"了一声。

顿时，我明白了什么……这事，多半是王广舟炒作，以达到他不可告人的目的。真是狗改不了吃屎。

据我判断，王广舟与出事的财政厅科长一案，他不可能那么干净的，现在他抢先将我推到风口浪尖中，自己可以浑水摸鱼，还是想争取金蝉脱壳？

我越想越不对劲，马上对保卫处长说：

"你必须尽快离开厂子，防止人家追杀。"

我边说边顺便将省武警支队长的电话告诉了保卫处长：

"万不得已时，可以联系她！"

保卫处长也觉得事情不妙，着急地问我：

"那你怎么办？"

我胸有成竹地说：

"我知道怎么应对他们！"

这时，我一把拉住保卫处长，似在下达战前的最后命令：

"事不宜迟，走为上计！"

听到我下了死命令，当即，保卫处长仓促离开了我的房间。

他前脚一走，我就听到楼下的追杀声，我立马撤灭了台灯……

早上上班时，企业班子召开临时紧急会议，当王广舟带着警察出现在我面前时，我知道自己已经无法回避，就主动迎上去：

"请问为什么？"

警察没有给我正面回答：

"我们只是执行任务！"

望着警察，想到当厂长初始，友人的发问：人这辈子最怕遇到的人是谁？

难道真的是警察？！

这时王广舟虚情假意出面安慰我，他没有说我犯有什么经济问题，而是说：

"在企业改革中，可能你给国营企业的资产造成了流失。在复制秦砖汉瓦生产中，可能你犯有假冒文物罪……"

听到这里，我嘴角露出轻蔑一笑，责问道：

"有这样的罪过吗？我们企业改革，我们秦砖汉瓦研制，都是按规矩办事的。"

这时，党委黄书记也不得不站出来，对着企业班子，好像也是对着警察说的：

"记得厂长上任伊始，给我们讲过西藏狼的故事。现在我奉劝大家，自认辛苦、艰难甚至委屈时，别忘记为你开路的头狼。当他为你冒险、开拓、进取的那刻，跟随者应该丢掉所有的怨气、负面情绪，因为他带出的一条道，不一定是最直的路！"

可惜这些都是后话，书记说与不说，我知道结局都是一样的。

这时，警察来企业抓厂长的风声可能被走漏。成百上千的职工，将我里三层外三层包围住，阻止警察带人。

还有成百上千的曾经被精简下放——现已全部得到安置的职工，一个个跪在警车面前，挡住了车道。

我怕这个场面失控，闹出大事件，眼含热泪对劝阻的职工们说：

"父老兄弟们，你们如果真的希望厂长平安无事，请你们马上给警察闪出一条通道！"

我知道一两句朴素的话，是不顶用的，必须从政治的高度、大局的高度出发。我对广大职工说：

"如果我有问题的话，相信也是改革发展的问题。"

这时我想到厂长统考培训班老师挂在嘴上的一句话，那是一位大师把企业发展归结为"从错误中学习"。在他看来，一部企业改革发展史，就是一个不断试错的过程。安徽小岗村村民摁下的"红手印"，开启的是一场产权结构的改革尝试。我们企业率先转型升级，既以市场换取先进技术，又保住了中国企业的生存空间。

这些都是以最小的代价进行试错，又以最高的效率将试错的成果全面铺开。

最后，我还是大声地向在场的企业干部职工呼吁：

"试错，其实也是'试对'。改革，就是从没有路的地方，蹚出一条路来。"

我不喜欢在职工面前讲大话，但今天算是一个例外。

当我说完这些话，我见每位职工早已热泪盈眶，主动为警察也为我，让出了一条路……

这是一条什么样的路啊？谁都知道，向前这条路九死一生，甚至是一条不归之路。当然人宁可死，谁都不愿意去走这条路的。

我记不清那是到收审站的第几天，在一个冬日的下午，太阳刚刚斜着照在身上，有了一种久违的暖意。

这时从铁门口，闪进一个美女武警。

我不相信我的眼睛，赶忙惊呼：

"支队长，你好！"

她没有与我寒暄，递给我一张假释通知书，又似命令地说：

"快，赶紧离开这里，走得愈远愈好。"

美女警察的话真是出乎意料，没有想到我的出狱来得这么快。要知道，她能在第一时间救出我，本身就已承担了巨大的风险……

我急切地对她说："千万别因为我，连累你。"

"这件事，无论于公于私，我都有义不容辞的责任！"她的话，说得很坚决。

我明白了，那个时候办这种事，是要玩命的。所以，许多事也不必多问，心存感激足矣：

"呵，那麻烦您了！"

"哎，什么时候这么客套了！"

美女武警边说边向我递来一沓材料："这是我妹妹，让我转交给你的。"

我忙打开，见是美女老师牵头为我厂设计的，一个叫《秦砖汉瓦主题公园》的专题方案：

中国的秦砖汉瓦是世界最古老的建筑材料之一，历经千年，至今仍为世人钟爱。那精美的文字，奇特的动物形象，华丽的图案，充满活力的生活场景，再现了往日辉煌与美好，极具艺术欣赏和文化研究价值。本方案提及的秦砖汉瓦主题公园，应从秦砖汉瓦与主题公园两个方面把握。

这里秦砖汉瓦，就是厂区生产或创新、收藏或复制的产品。秦砖在这里特指秦代的砖，纹饰主要有米格纹、太阳纹、平行线纹、小方格纹等图案，以及游猎和宴客等画面，也有用于台阶或壁面的龙纹、凤纹和几何形纹的空心砖。汉瓦在这里特指汉代的瓦，以动物装饰最为优秀，除了青龙、白虎、朱雀、玄武四神，兔、鹿、牛、马也是品种繁多，而文字式更是布局疏密相间，用笔粗犷。

这里的主题公园，就是根据秦砖汉瓦这一特定的主题，采用现代科学技术和多层次活动设置方式，集诸多娱乐活动、休闲要素和服务接待设施于一体的现代旅游目的地。它根据秦砖汉瓦的主题创意，主要以文化复制、文化移植、文化陈列以及高新技术等手段，以虚拟环境塑造与园林环境为载体迎合消费者的好奇，以主题情节贯穿整个游乐项目的休闲娱乐活动空间。

谁都知道，人回不了过去，时间也回不了过去，但秦砖汉瓦留下的历史文化和工业文明，有着不可超越的力量。我们应该高举"生态优先、绿色发展"的大旗，把秦砖汉瓦主题公园建成"采矿遗迹体验区、生产遗迹观光区、博物遗迹考察区、休闲娱乐区"，打造出中国第一块工业旅游品牌。在这里，吃、玩、住、购一站式解决。

建立影视基地，将建材职工住宅区，在整体保留旧厂建筑及苏式建筑的基础上，进行局部调整，做到因地制宜，修旧如旧。基地分为万恶的旧社会、艰苦卓绝的50年代、激情燃烧的60年代、热情澎湃的70年代、与时俱进的80年代……

将旧厂办公大楼改造成工业遗产博物馆，这一解放初期大楼，共三层，面积二千多平方米。博物馆内一、二楼分别是展示厅、陈列厅和演示厅。展示厅从建材采矿、生产、建造等不同角度展示工业文明的历史进程和人文精神，大量的图片、文字史料是建材漫漫历程的印证，集中体现这里厚重的文化底蕴和丰富的文化内涵。陈列厅主要展示与建材有关的历史资料、重要文件，各历史时期的生产工具及模型和相关技术实物、遗迹标本、人类文化遗迹等实物标本。

建立采矿遗迹体验区，采矿区通过千年的开采，矿山采矿、选冶生产技术达到世界领先水平，那里有上百千米的自溜式矿车采掘轨道。据传，从秦汉始，这里就是最早掘取凝土的地方，由于开采历史久远，这里的山体早已被挖掘成巨大泥坑……

一片汉瓦就是一页鲜活的历史，一块秦砖就是一部耐人寻味的传奇故事。依托秦砖汉瓦文化和山地资源禀赋，充分挖掘废弃厂房资源，打造中国唯一一家以秦砖汉瓦为主题的公园，也是中国砖瓦的记录者和集大成者。

最后，在秦砖汉瓦主题公园内，我们还可建一个大型游乐场，最好能有一个大大的摩天轮。让老厂区转型变身为新景色，"死资源"变成"活资本"，"废弃矿"变成"摇钱树"……

我没想到一位弱不禁风的美女老师会如此专业，那系统精湛的描绘，那独到典雅的故事，令人刮目相看。

我忙回头，对美女武警说道：

"中国古代讲格物，秦砖汉瓦是有灵魂的，如果有这样的主题公园承载，我们可以随时随地与先人的精神对话。"

美女武警向我点头微笑，我从来未见过她像今天这样美丽妩媚，我的脸一阵通红发烫，慌乱地问道：

"妹妹现在可好？"

美女武警愣了一下，这才回答：

"上次事情后，她已经远走高飞出国了。"

"啊？"

我像被人当头一棒，莫非美女老师是被我逼出国的？在这个问题上我有不可推卸的责任。在那瞬间，一种愧疚油然而生，我顿时泪如泉涌。

美女武警掏出她的手绢，待我擦去脸上流下的泪水，她让我别多想：

"这个社会我们谁都不要埋怨，相信生活是不朽的！"

呵呵，这个社会我们真的不要埋怨吗？无怪乎——

记得有人为一些遭遇大败局的企业厂长惋惜，为他们身上共同流淌的"失败基因"而奋笔疾书。然而，中国企业大败局不是他们亲手构建的企业帝国突然崩塌，而是他们常年过着丧家式生活。

人们行走世界，却依然用自己的眼光看世界，用自己的思维和文化去认识和理解世界，用自己的情感去爱去恨。

人们生活在现代，却依然崇拜祖先，崇拜土地，崇拜代代相传的文化与传统，人们依然根植在这个传统的土地上。

人们渴望变化，却又往往固守不变。总是在变化中希望不变，在不变中希望变化。

人们深厚的文化传统，既是前进的张力，也是守成的定力，总是让人进退有据，前后有序。所有这些，其实就是中国人的缩影。

在这些现实的缩影中，我们依稀能看到——我们的命就是这个时代。就像那些为了成为人们足下铺路的砖，愿意被匠人手上的瓦刀——一刀一刀砍还给大地。

也许，我们正在艰难与痛苦中，作出自己坚定的抉择：昨天是痛苦的，今天更痛苦，明天一定快乐吗？

正如美女武警所言，生活是不朽的，当我们把对生活不知的疲倦，像挤出机注到企业荒的追问中，未来的企业活力，或许才会如窑炉的火焰激情燃烧……

直到这时，美女武警才话锋一转，说这些话题太沉重了，她应该算是个调节气氛的高手，一定要我猜个谜语，我说哪有这种心情。

最后她也不管我心情如何，要我猜个简单的字谜。只见她不紧不慢说道：

"有人会鸣不平声，打一字！"

我眼含热泪，又不愿再提那个像吃人魔鬼的"厂"字。我深深明白了，成就一个工厂，不但需要初恋般的热情，而且还需要宗教般的意志。

后　记

　　这是一个文化自信的时代，讲述中国故事，让世界读懂中国。

　　出书之前，全文发表在《中国作家》2017年上半年长篇小说专刊上，引来好评如潮。杭州麦庭文化公司在第一时间，抢先推荐给厦门大学出版社。我见到出版三校稿时，才知这是一家学术类出版社，纯文学作品出版得并不多，没想到整体设计素雅，与内容相得益彰，真的不容易，令人禁不住点赞。

　　如果说中国的改革开放自1978年始，那么中国现代企业的起点应该是1984年。这一年我20多岁，参加了全国厂（矿）长统考；这一年中国改革的重心由农村转向城市；这一年邓小平南方视察开启了经商的热潮；这一年社队企业正式改称为乡镇企业；这一年我出任一家有近万人的省属国营企业的厂长；这一年企业开始探索承包制；这一年中央还权于企业，出台了经济体制改革的决定……这一年是中国企业元年。也就是这一年，我的心永远随着企业的心而跳动，欢乐着企业的欢乐，忧患着企业的忧患，把企业的冷暖和幸福倾注于笔端，以强烈的现实主义精神和浪漫主义情怀，忠实地为企业代言，自觉地为企业书写。也许书中有许多我的影子，30多年前我就有这么一个写作冲动。

　　1984年这代企业家可以看到这样一条泾渭分明的轨迹：他们具

有不安分的特性和冒险精神，不愿按照既有的轨迹生活，具有敏锐的商人嗅觉，很快从政治大气候中嗅到变革的力量。这与熊彼特关于企业家的定义一脉相承，他们身上具有创新、冒险、负责任的气质，一面他们大胆进行企业技术创新，另一面他们又不断冲破体制樊篱。他们不管是出身贫寒创业创富，还是怀揣实业救国富民理想，他们当之无愧成为一代人的榜样。这些彰显中国由富到强的人间奇迹，理应成为文学创作的主打题材，成为作家不尽的灵感源泉。

一切有出息的作家，就应脚踏大地、深入生活，做实践的参与者、记录者、引领者，在实践中书写作品，在作品中彰显价值。所以，我在重返企业1984年这场改革大潮，重温那些带着历史生命的情感碎片，不只是亲历，而且还在过去的平凡纯真中，找到自己的初心；不只是巡礼，而且还将过去未曾发现的，深入挖掘出来；不只是实践，而且还将过去不能述说的，努力还原出来；不只是体验，而且还在过去的酸甜苦辣中，讲好中国故事。当然这不是常人可以完成的写作，除了有着与其相匹配的学识之外，还需要能够驾驭的才气。这也是我孕育了30多年的作品，到今天才敢"分娩"的原因。

新中国成立让人民站起来，改革开放让人民富起来，新时代让人民强起来。经历改革开放，见证这一春天的故事，企业是不可或缺的主角之一。遗憾的是，自波澜壮阔的改革开放以来，中国缺乏展示企业的火红年代的文学作品。庆幸的是，浙江将企业昨天、今天与明天的三部曲，列入2017年文化精品扶持工程，这更增添了我们对"浙江的今天就是中国的明天"的自信。

更为欣慰的是，2017年厦门金砖峰会上习近平指出，中国人民凭着一股逢山开路、遇水架桥的闯劲，凭着一股滴水穿石的韧劲，成功走出一条中国特色社会主义道路。我们遇到过困难，我们遇到过挑战，但我们不懈奋斗、与时俱进，用勤劳、勇敢、智慧书写着当代中国发展进步的故事。今年是改革开放40年，我们要隆重地纪念一下。这话是领袖在厦门说的，这书是愚人在厦门出版的，同一地点同一主题，这难道是一个偶然的巧合？

冥冥之中，我一直觉得背后有贵人相助，倒逼自己尽力成为时代的先觉者、先行者、先倡者。发时代之先声，开社会之先风，启智慧之先河，有了这样的责任担当，带着使命前行，我就可以跳出方寸天地，告别狭仄浅薄，远离轻佻浮华，进而创作出格局开阔、气象宏伟、深刻隽永的作品。就像这次我担当的企业改革三部曲，如果说《企业1984》是反映一个时点的故事，那么我在后面写作的《资本1Q84》将是反映企业当下故事，而《智能2084》将是反映企业百年未来故事。就是这么一个关乎企业过去、现在与将来的宏大题材，应该说是迄今中国的第一部，就算是上刀山下火海，我也在所不辞。因为我有"铁肩担道义，妙笔著文章"，因为我能站在时代的潮头，做新时代的歌者……

不错，也许本书故事只是为我们揭开了帷幕，给了我们一个窥见企业世界的机会，更多的探究和精彩还在后面等待着。

张国云